Die Brombeerkönigin

AF191895

Peter Siefermann

Manche Ereignisse sind zu unbedeutend, um wahrgenommen zu werden. Vielleicht sind sie auch zu leise.

Es ist daher nicht wichtig zu wissen, ob die Geschichte über die Brombeerkönigin wahr ist. Sie ist genauso wahr oder unwahr wie all die anderen Dinge, die auf der Welt geschehen. Oder auch nicht geschehen.

Es waren nicht Kathrin, Gil und Elena, die mir die Geschichte erzählt haben.

Ich habe sie anderweitig gehört.

Doch meinen Ohren habe ich immer trauen können.

Damit die Geschichte nicht in Vergessenheit gerät, habe ich sie aufgeschrieben.

Nichts ist so klein und unscheinbar, als dass es nicht unsere Beachtung verdiente.

Impressum

Bibliografische Information der Deutschen Nationalbibliothek: Die Deutsche Nationalbibliothek ver-
zeichnet diese Publikation in der Deutschen Natio-
nalbibliografie; detaillierte bibliografische Daten
sind im Internet über dnb.dnb.de abrufbar.

Verlag: BoD · Books on Demand GmbH,
Überseering 33, 22297 Hamburg, bod@bod.de
Druck: Libri Plureos GmbH, Friedensallee 273,
22763 Hamburg
ISBN: 978-3-8192-6255-5

Costa Rica, 08. Januar 2020

Der Kunde hatte den Supermercado in Puntarenas *(Costa Rica)* verlassen. Kathrin nutzte die kurze Pause, um vor dem Schichtwechsel die im Außenbereich stehenden Verkaufsstände zu kontrollieren und die aktuellen Bestände von Sonnenbrillen, Sonnenhüten, Badelatschen und Bastbademratten dem Filialleiter Vasco zu melden. Vasco erledigte indessen die Kassenabrechnung und kümmerte sich um die Bestellungen, die Kathrin ihm zuvor auf einem Papierbogen hingelegt hatte.

Der Supermercado war rund um die Uhr im Dreischichtenbetrieb geöffnet. Um zwanzig Uhr würde ihre Ablöserin Rosaria den Markt für die Nacht übernehmen. Mit Rosaria teilte sich Kathrin ein Zimmer, das der geschäftstüchtige Vasco ihnen vermietete. Praktischerweise lag es im selben Haus nur eine Etage über dem Supermercado, war aber geschickt aufgeteilt und geräumig genug, um eine Privatsphäre zu gewährleisten.

Sie gaben sich praktisch die Klinke in die Hand, als Rosaria das Zimmer für die Nachtschicht verließ und Kathrin es betrat.

„Es ist Post für dich gekommen", sagte Rosaria zwischen Tür und Angel. „Wie immer vom gleichen Absender."

Kathrin nahm eine Cola aus dem Kühlschrank, zündete eine Zigarette an und setzte sich mit dem Brief ans offene Fenster.

Liebe Kathrin,

in all den Jahren, in denen ich mit Briefen Kontakt zu dir pflege, habe ich dich stets auf einen späteren Zeitpunkt vertröstet. Du weißt, was ich meine: Dir zu erklären, warum ich dich damals nach dem Tod deiner Mama nicht zu mir habe nehmen können. Umso dankbarer bin ich, dass du die Verbindung zu mir nicht abgebrochen hast, wie es bestimmt dein gutes Recht gewesen wäre. Dass du auf meine Briefe geantwortet hast.

Jetzt, liebe Kathrin, ist der Fall eingetreten, der es mir erlaubt, dir in meinem Hause einen Platz anzubieten. Eine Heimat, wenn du so willst. Es mag ein bisschen verrückt klingen, aber auf diesen Moment habe ich fast ein halbes Leben lang gewartet. Die ständige Sorge, dass dir in meinem Hause Unglück geschehen könnte, besteht seit Weihnachten nicht mehr. Denn mein Mann Hubert ist vor Weihnachten gestorben.

Vielleicht kommt meine Einladung für dich viel zu spät. Aber wenn du willst, dann steht ab heute meine Tür für dich offen. Ich würde mich sehr freuen, wenn ich dich bald in meine Arme schließen dürfte. Bitte schreibe mir kurz Bescheid, wie du zu meinem Angebot stehst.

In Liebe und im Gedenken an deine Mama und an meine Schwester.

Magda

Kathrin nahm einen letzten Zug aus der Zigarette und quetschte die Kippe im Aschenbecher auf der Fensterbank aus. Sie überflog den Brief noch einmal und ließ das Blatt Papier dann sinken. Wenn sie den Kopf aus dem Fenster streckte, konnte sie mit Blick entlang der Hausfassade das Meer sehen. Den Pazifischen Ozean.

Sechzehn Jahre lang hielt sie sich schon in *Costa Rica* auf. Reich geworden, wie man eventuell vom Namen des Landes ableiten könnte, war sie in all der Zeit nicht. Sie hatte zwar immer einen Job gehabt, aber nie etwas auf die hohe Kante legen können. Nach dem kläglichen Scheitern ihres Restaurantprojekts gemeinsam mit Rolo hatte sie weitere feste Beziehungen vermieden und war nur kurzzeitige Techtelmechtel eingegangen. Nichts wirklich Ernstes, und sie war auch niemandem etwas schuldig.

Liebe Kathrin ... jetzt ist der Fall eingetreten ... dir einen Platz anzubieten.

Der Fall. Hubert ist gestorben. Onkel Hubert? Kathrin fragte sich, warum der Tod ihres Onkels bei Magda ein Umdenken bewirkte. Hatte er vielleicht eine ansteckende Krankheit gehabt? Über eine so lange Zeit? Und falls es so gewesen war – weshalb hatte man nicht darüber reden können? Das konnte Kathrin sich nur schwer vorstellen.

Sie sah sich im Zimmer um. Nichts darin gehörte ihr, wenn man von den paar Klamotten und dem bisschen Make-up absah. Im Grunde ging das, was sie in Vascos Supermercado verdiente, für Miete und Essen drauf. Was aber würde in ein paar Jahren sein? In zwanzig, dreißig, vierzig Jahren? Sie hatte nicht vor, sich hinsichtlich der sozialen Grundversorgung wie Krankenkasse oder Rente vom Geld eines Kerls abhängig zu machen. Müsste sie dann immer noch Regale einräumen und an Vascos Kasse sitzen?

Okay, auch in Deutschland müsste sie von vorne beginnen. Aber immerhin existierte dort ein soziales Netz, das sie im Notfall auffangen würde. In *Costa Rica* gab es nichts; jedenfalls nichts, auf das sie einen Anspruch geltend machen könnte. Sie war nicht mal krankenversichert.

Und das dickste Pfund: Magda war Familie. Gesetzt den Fall, Kathrin würde sich entscheiden, nach Deutschland zurückzukehren – wie sollte sie das anstellen? Ein Flugticket konnte sie sich garantiert nicht leisten. Oder doch oder wie oder was? Was kostete solch ein Ticket heutzutage? Sie würde sich erkundigen. Denn Kathrins Blick ging über die kaum wahrnehmbare, aber vorhandene leichte Krümmung des Meeresspiegels hinaus, wo sie merkwürdigerweise ihre eigene Seele entdeckte, die mit geblähten Segeln vor dem Wind in ein unbekanntes Land namens **Sehnsucht** fuhr.

Sechzehn Jahre vorher.

Mit achtzehn war sie durchgebrannt. Ziel *Costa Rica*. Ein windiger Kerl mit luftigen Ideen, Roland, Rolo gerufen, hatte sie dazu überredet, gemeinsam mit ihm im mittelamerikanischen Land eine Existenz aufzubauen. Ein Lokal, ein Café, eine Kneipe, etwas in der Art. Dass man auch dort Geld brauchen würde, mehr als geplant, hatte sie erst mal dazu gezwungen, vor Ort durch Hilfsarbeiterjobs das Startkapital zu verdienen. Ungefähr zwei harte Jahre hatte es gedauert, bis sie die Summe für eine heruntergekommene Spelunke in Strandnähe annähernd zusammen hatten. Den fehlenden Betrag, der ihnen zum Kauf noch fehlte, hatten sie, beziehungsweise hatte er, über einen privaten Kredit in Höhe von zehntausend US-Dollar finanziert. Kathrin wäre nicht darauf eingegangen, hätte lieber noch ein Jahr gejobt, doch ihr Partner hatte das nicht mehr gewollt. Arbeiten, hatte er gesagt, kann ich auch in der eigenen Kneipe.

Strandnähe wäre zu schön gewesen, doch hatte ihnen niemand gesagt, dass zwischen Strand und ihrem Lokal eine Straße gebaut werden würde. Eine viel befahrene Straße, und somit war es mit der Gemütlichkeit

und der Ruhe vorbei gewesen. Gäste zu zählen hatte sich nur noch gelohnt, wenn all die anderen Restaurants und Kneipen schon voll besetzt waren. Und es waren immer nur die gleichen Nasen gekommen. Einheimische, die dem touristischen Trubel aus dem Weg gingen und stundenlang vor einem Kaffee oder einem Bier sitzen blieben. Damit hatte sich kein Reibach machen lassen.

War da noch dieser lästige Kredit. Sie hatten kaum genug verdient, um die Zinsen zu bedienen, von Rückzahlung ganz zu schweigen, und Kathrin hatte sich genötigt gesehen, wieder jobben zu gehen. Sie kellnerte in Gaststätten, deren Gäste sie gerne im eigenen Haus gesehen hätte.

Dann war eines Abends, während Rolo das Lokal alleine hütete und sich vor der Eingangstür den Arsch platt saß, in zwei Pick-ups eine Gang vorgefahren, die mit Baseballschlägern die Einrichtung zertrümmerten und einen schönen Gruß des Kredithais hinterließen. Das war das Ende gewesen. Zumindest für Rolo, denn Kathrin hatte noch ihren Job, dem sie auch weiterhin nachging. Ihr Traumlokal wurde als Bringschuld von zehntausend US-Dollar von jenem Mann übernommen, der den Kredit gegeben hatte.

Darüber war Kathrins Beziehung mit Rolo in die Brüche gegangen. Was aus ihm nach der Pleite geworden war, bekam sie nur über vage Andeutungen mit. Nichts Genaues. Mal hatte es geheißen, er sei ins Drogenmilieu abgerutscht, dann wieder hörte sie, er sei obdachlos und alkoholabhängig geworden und sähe sehr ungesund aus. Wieder andere wollten gewusst haben, dass er das Land mit unbekanntem Ziel verlassen hätte. Zu Gesicht hatte sie ihn in *Costa Rica* nicht mehr bekommen.

*

Sanderhofen, 11. Juni 2020
Der Bahnhofsvorplatz in Durlangen sah anders aus, als Kathrin ihn in Erinnerung hatte. Früher führte die Straße direkt vor den Stufen der Bahnhofshalle vorbei. Die Bushaltestellen lagen nur ein paar Meter weiter rechts. Wer zum Gleis der Nebenbahn wollte, die die wenigen Ortschaften im Tal mit der Hauptstrecke verband, musste über einen Zebrastreifen auf die

andere Straßenseite wechseln und Glück haben, nicht überfahren zu werden.

Heute war die Straße einem Platz für Radfahrer und Fußgänger gewichen. Man hatte Porphyrpflaster verlegt und kleine Platanen gepflanzt, von denen man sich in Zukunft viel Schatten versprach. Die Nebenbahn hatte ein schmuckes Wartehäuschen bekommen, und der stinkende Dieseltriebwagen von damals war durch eine elektrische Zugeinheit ersetzt worden.

Kathrin war nach Durchquerung der Bahnhofshalle auf der obersten Stufe stehengeblieben und atmete tief ein. *Wenn ich jetzt noch einen Schritt vorwärts gehe, werde ich nie wieder umkehren*, dachte sie. *Soll ich wirklich?*

Sie war mit dem ICE von Frankfurt Flughafen gekommen und in Baden-Baden auf die Regio-S-Bahn nach Durlangen umgestiegen. Nun fehlte noch eine halbe Stunde Fahrt mit dem *Entenköpfer*, wie man den Schienenbus früher genannt hatte, nach Sanderhofen. Sie trug einen schweren Rucksack, eine Handtasche, und zog einen voluminösen Koffer hinter sich her. Der Einstieg in den E-Zug war gegenüber früher viel leichter zu bewerkstelligen. In den Niederflurwagen genügte ihr ein Schritt, während sie für den alten Schienenbus einen Gewichtheber gebraucht hätte.

Modern sei sie, die neue Bahn, was immer auch man darunter verstehen sollte. Der Kabineninnenraum war schmucklos und steril. Er roch nach Plastik und verströmte jenen künstlichen Duft, der einem allgegenwärtig aufgenötigt wurde. Textilwaschmittel und Putzmittel verbreiteten ihn, die Kleider der

Menschen stanken einheitlich, und selbst Müllbeutel waren damit behandelt. Der Duft der weiten Welt.

Als der Zug anfuhr, lauschte Kathrin nach den typischen Nagelgeräuschen des alten Dieselmotors. Aber außer einem leisen Surren hörte sie nichts. Sie wartete darauf, dass wie früher die Fenster klapperten, aber auch in dieser Richtung wurde sie enttäuscht. Die ergonomisch geformten Sitzpolster dämpften die Vibrationen, auf die sie insgeheim gehofft und die man früher über die harten Holzlattensitzbänke besonders gespürt hatte. Damals war das Reisen noch eine Gefühlssache gewesen. Heute empfand sie die Bequemlichkeit irgendwie als charakterlos.

Die Landschaft, die an ihrem Fenster vorbeiflog, hatte sich nicht geändert. Die Berge und Täler waren noch die gleichen wie seit Ewigkeiten. Aber in punkto Bebauung hatte sich enorm viel getan. Neubaugebiete wohin das Auge reichte. Und wie dem ständig präsenten Duft nicht zu entkommen war, waren auch die Häuser überwiegend im gleichen kubischen Stil erbaut. Kathrin fiel kein geeigneteres Wort dafür ein, als seelenlos.

Sanderhofen. Ein Luftkurort. Kathrin erinnerte sich, dass sie zuletzt im Alter von elf Jahren hier gewesen war. Vor dreiundzwanzig Jahren. Mit ihrer Mutter, als diese noch gelebt hatte. Von vor dreiundzwanzig Jahren bis heute war in Kathrins Leben viel passiert, davon allerdings das meiste in einem anderen Land in einem anderen Kontinent. Sie konnte sagen: in einem anderen Leben.

Das gravierendste Ereignis im Alter von vierzehn Jahren war wohl der Tod der alleinerziehenden Mutter gewesen. Von heute auf morgen war Kathrin plötzlich ohne Familie dagestanden. Da sie ohne Vater, den sie nie kennengelernt hatte, aufgewachsen war, hätte eigentlich Mutters Schwester Magda in Sanderhofen sie aufnehmen sollen. Aber Magda war aus Gründen, die sie nie geäußert hatte, dagegen gewesen. Also war Kathrin vom Jugendamt in Celle, wo sie mit ihrer Mutter bisher gewohnt hatte, in eine Einrichtung für elternlose Jugendliche gesteckt worden.

Trotz ihres ablehnenden Bescheids hatte Tante Magda den Kontakt mit Kathrin über all die Jahre aufrechterhalten. Brieflich nur, aber mindestens einmal pro Jahr. Jedes Mal hatte Magda ihr versichert, dass die Zeit kommen werde, in der sie Kathrin den Grund für die zurückweisende Haltung erklären konnte. In der Kathrin verstehen würde. Und jetzt, wie es schien, war diese Zeit gekommen. Als Kathrin mit ihrem Gepäck an dem kleinen Kopfbahnhof in Sanderhofen aus dem Zug stieg, war sie vierunddreißig Jahre alt.

Kathrin überlegte kurz, ob sie ein Taxi nehmen sollte. Vom Bahnhof Sanderhofen bis zum Haus ihrer Tante waren es immerhin zweieinhalb Kilometer Fußweg, wie sie von früheren Besuchen her noch wusste. Damals war ihr als Kind die Tippelei schier endlos vorgekommen. Quer durch das Dorf und dann hinein in das langgestreckte Seitental, wo Magdas Haus am sonnigen Südhang stand. Onkel Hubert hatte sie meist mit einer Handkarre fürs Gepäck abgeholt. Heute brauchte Kathrin nicht nach Magdas Mann Ausschau zu halten, denn er lebte nicht mehr. Was Kathrin nur recht war, denn ihr hatte das überfreundliche, ja, sogar aufdringliche Benehmen des Onkels nie besonders gefallen, und, soweit sie sich erinnerte, ihrer Mutter gleichfalls nicht.

Sie wählte den Fußweg. Konnte sie bei der Gelegenheit doch gleich sehen, was sich in all den Jahren im Dorf geändert hatte. Oder auch nicht geändert. Manchmal blieben die Dinge einfach so, wie sie immer waren.

Magda hatte sich entschuldigt, dass sie Kathrin nicht am Bahnhof würde abholen können. Eine offene Wunde am Fuß, die nicht heilen wollte, hatte sie am Telefon gesagt.

Wunder hatte es im Dorf keine gegeben. Das sah Kathrin sofort. Eher im Gegenteil. Von früher drei Bäckereien gab es nur noch eine einzige, und von dem kleinen Supermarkt, der neben der Tankstelle gestanden hatte, zeugten mit Papier zugeklebte Fenster, dass er nicht mehr existierte. Dafür hatte die ZG Raiffeisen eine Querstraße weiter einen Laden aufgemacht. Sonst war ziemlich alles beim alten geblieben. Die katholische Kirche im Zentrum und daneben das Restaurant Rebstock.

Kathrin bog ins Mühltal ein, benannt nach einer ehemaligen Sägemühle, die heute hin und wieder zu touristischen Schauzwecken in Gang gesetzt wurde. Überhaupt spielte der Tourismus in der Gemeinde eine tragende Rolle. Es gab kaum ein Haus, das nicht von der Vermietung von Fremdenzimmern oder Ferienwohnungen profitierte.

Die schmale Straße zog sich in Windungen an der Nordseite des Tales hin und stieg mäßig aber stetig an. Wo sich einst Wiesen bis zum Waldrand in der Höhe erstreckten, prägten nun Neubauten in Doppelreihe das Bild. Tiefer im Tal lockerte die Bebauung wieder auf. Als Kathrin aber nur noch einen halben Kilometer zu gehen hatte, markierten drei frisch ausgesteckte Grundstücke für Einfamilienhäuser den Weg zu ihrer rechten. Sie meinte zu wissen, dass dieses Land früher ihrem Onkel Hubert gehört hatte.

Dann, hinter der nächsten Biegung, sah sie Tante Magdas Haus, das letzte im Tal. Es lag in einer Linkskurve des Sträßchens in den Hang gesetzt. Der Keller aus massiven Bruchsteinen, Hochparterre und erster Stock aus altersgrauem Holz. Über den kleinen Bach, der neben dem Haus sprudelte und weiter unten in den Mühlbach mündete, ragte ein überdachter Balkon, der winters mit einsetzbaren Fenstern verschlossen werden konnte. Jetzt aber war Sommeranfang und die auswechselbaren Fenster lagerten in einem Verschlag unterm Dach.

Sie erblickte Magda unter der Haustüre. Kathrin bemerkte, dass sie etwas unbeholfen einen Schritt auf die obere Treppenplattform tat und sich am Treppengeländer festhielt. „Bleib oben, Magda", rief Kathrin und beschleunigte ihre Schritte, „du brauchst nicht herunterzukommen."
Am Fuß der Treppe angekommen, ließ sie ihr Gepäck stehen und eilte die Stufen hinauf. Oben angekommen, schlang sie die Arme um die Tante und drückte sie an sich. „Ach, ist das schön, Tantchen, dich zu sehen."

„Oh, meine Kleine, dass du endlich da bist. So lange, so lange warst du nicht mehr da. Komm´ rein in die gute Stube. Kaffee ist fertig, und es gibt Kuchen. Komm´ rein, meine Kleine." Magda nannte sie noch immer *Kleine*, obwohl Kathrin sie gut um Haupteslänge überragte.

Kathrin holte rasch ihr Gepäck und stellte es vorerst im engen Hausflur ab, der sich seit ihrem letzten Besuch kaum verändert hatte. Etwas heller schien es ihr zu sein, was daran liegen mochte, dass Onkel Huberts dunkle Jacken nicht mehr an der Garderobe hingen.

Magda steuerte sie ins Wohnzimmer, in dem nun wirklich alles beim alten geblieben war. Es roch leicht nach Bohnerwachs. Magda musste erst vor kurzem die Bodendielen geblockt haben. Durch die Sprossenfenster fielen Sonnenstrahlen und tauchten das Zimmer und die Holzmöbel in honigfarbenes Licht. Kathrin fühlte sich auf Anhieb heimisch, und Magda nahm sie bei den Händen und sagte genau das: „Fühl´ dich wie daheim, meine Kleine."

„Das tu ich schon", antwortete Kathrin.

Sie setzten sich an den Tisch, auf dem Kaffee und Kuchen bereitstanden, und musterten sich gegenseitig.

„Du hast dich überhaupt nicht verändert", staunte Kathrin ehrlich. „Du bist wohl alterslos."

„Du dich aber schon", sagte Magda. „Bist ein Stück größer geworden und natürlich erwachsen. Die Sonnenbräune steht dir gut."

„Man kann in *Costa Rica* der Sonne kaum entfliehen. Und wenn man so lange dort lebt wie ich, bleibt schon ein bisschen was hängen. Aber erzähl´, wie geht es dir? In deinem Brief hast du nicht viel über dich geschrieben. Was ist mit deinem offenen Fuß?"

Magda winkte ab. „Ach, das wird schon wieder. Ein eingetretener Dorn, den ich nicht zu fassen gekriegt hab´. Wegen so einem Pipifax wollte ich nicht gleich zum Arzt rennen. Ich hab´ da wohl ein bisschen geschludert."

„Heißt das etwa, dass der Dorn jetzt noch im Fuß steckt?"

Magda lächelte verlegen und nickte. „Mit meinem alten Kreuz komm´ ich so schlecht dran", seufzte sie.

„Also hör´ mal, Magda, das darfst du nicht sein lassen. Wo ist dein Verbandskasten? Da will ich doch gleich mal nachschauen. Hast du Schere und Pinzette?"

Drei Minuten später lag Magda auf dem Sofa, den Fuß auf einem Kissen. Kathrin begutachtete die Wunde unter dem Knöchel und drückte behutsam auf die Wundränder. „Gott im Himmel, Magda, wie lange hast du das schon? Du könntest sterben daran, weißt du das?"

Magdas Schnaufen war Antwort genug.

„Ich kann den Stachel sehen", sagte Kathrin mehr zu sich selbst. „Der Oschi steckt ziemlich tief. Natürlich bist du da nicht selber drangekommen. Ich versuche jetzt, den Stachel mit der Pinzette zu fassen zu kriegen. Kann ein bisschen weh tun. Okay?"

„Ja, mach´ schon, meine Kleine. Ich werd´ schon nicht an die Decke springen."

„Hast du eventuell ein Antiseptikum im Haus?"

„Nein, aber einen starken Schnaps, wenn du das meinst."

Kathrin verdrehte die Augen. „Ich meinte nicht für innen, sondern für außen. Aber wenn nix anderes da ist …"

„Im Kühlschrank", sagte Magda seltsam vergnügt.

Kathrin schob die geöffnete Pinzette beidseitig des Dorns ins entzündete Fleisch. Sie war sich sicher, dass die Prozedur schmerzte, aber Magda jammerte nicht. Außer einem langgezogenen „S", das sie einsaugte, gab sie keinen Ton von sich. Dann war Kathrin tief genug, um den Dorn packen zu können, und langsam, ganz langsam, zog sie ihn aus der Wunde heraus. Etwas Eiter quoll nach, den sie mit Watte wegtupfte.

„Im Badezimmerschrank müsste noch etwas Betaisodona sein", sagte Magda kleinlaut.

„Besser als Schnaps", erwiderte Kathrin. „Hier, schau dir diesen Kaventsmann an." Sie ließ die Dorne in Magdas Hand fallen. „Und damit hast du alt werden wollen?"

Magda widersprach nicht. Ein paar Minuten später war die Wunde desinfiziert und der Fuß verbunden.

„Morgen schauen wir wieder danach. Schließlich will ich noch ein paar gemeinsame Jahre mit meiner Tante verbringen. Gib mir den Dorn, dann werf′ ich ihn weg."

Magda aber schüttelte den Kopf und schloss die Hand um ihn. „Nein, den brauch′ ich noch. Ich will ihn zurückgeben."

Kathrin stutzte, hakte jedoch nicht nach, was Magda mit *zurückgeben* meinte, und beließ es dabei.

Magda war sechsundfünfzig Jahre alt und die jüngere Schwester von Kathrins Mutter. Wegen eines Rückenleidens, sie hatte als Büglerin in einer Großwäscherei gearbeitet, war sie seit einem Jahr Frührentnerin. Nicht, dass sie deswegen keine Schmerzen mehr verspürte, aber in Rente zu sein kam ihrer Lebensplanung sehr entgegen. Erst recht, nachdem ihr Mann Hubert mit sechzig Jahren überraschend gestorben war. Nun ja, so überraschend auch wieder nicht, war er an seiner Fettleber doch selber schuld gewesen. Kurz vor Weihnachten, also vor einem knappen halben Jahr, war es geschehen.

Von der Figur her war Magda eher eine dürre Geiß als eine fette Kuh. Eine Frau ohne Busen, sozusagen, aber sie war dankbar dafür und schätzte den Vorteil von Leichtigkeit und Beweglichkeit. Ihrem schmalen anziehenden Gesicht sah man an, dass sie viel Zeit an der frischen Luft verbrachte. Sie strahlte eine wissende Ruhe aus, und nur ihre wieselflinken braunen Augen verrieten, dass sie jederzeit hellwach war. Die dicken dunkelblonden Haare flocht sie jeden Morgen zu einem langen Zopf, der bis Mitte des Rückens reichte.

Magda trug Kleider. Bunte Kleider und Röcke. Längere, kürzere, dickere, dünnere, je nach Jahreszeit. Und Tuniken. Bunte, weitere, dickere, dünnere. Sie wusste sich anzupassen. Hosen trug sie nur, wenn sie in die *Huschen* ging, wie sie mit einem Augenzwinkern sagte und keiner wusste, was sie damit meinte.

Kathrin war den besagten Kopf größer als ihre Tante und ebenso schlank. Wer nicht Bescheid wusste, würde sie für Magdas Tochter halten. Nur waren ihre Augen grün und die langen Haare dunkelbraun. Wenn sie ebenfalls den Haarschopf nach hinten band, wurde die enge Verwandtschaft offensichtlich. Gewisse Ähnlichkeiten in der Art zu gehen und sich zu bewegen trugen ein Übriges dazu bei. Aber Kathrin war ein Hosentyp. Sie besaß nicht mal einen Rock oder ein Kleid. Zudem wäre in ihrem Koffer kein Platz für ein weiteres Kleidungsstück gewesen.

Die gewachste Holztreppe in den ersten Stock hinauf knarrte unter ihren Schritten. Magda stieg, den verletzten Fuß schonend, humpelnd voran und öffnete eine der Türen.

„Ich hab´ gedacht, dass das hier dein Zimmer sein wird", sagte Magda und zeigte Kathrin das größte der drei Zimmer unterm Dach. Es befanden sich ein neues Bett, ein in die Jahre gekommener aber charmanter Kleiderschrank und eine Kommode darin. „Was du sonst noch benötigst, Schreibtisch et cetera, besorgen wir dann."

„Äh, ist das nicht euer Schlafzimmer gewesen? Huberts und deins? Hör´ mal, ich will dir nicht deinen Platz wegnehmen", antwortete Kathrin.

„Ist schon gut, meine Kleine. Mein Zimmer ist gleich nebenan. Ich bin schon vor vielen Jahren umgezogen. In diesem Raum konnte ich nicht mehr schlafen und hab´ nach Huberts Tod auch das alte Ehebett dem Sperrmüll überlassen. Wie du siehst, gibt es eine Verbindungstür zwischen deinem und meinem. Und wo das Bad ist, weißt du ja."

Kathrin spürte, wie in Magdas Stimme eine Endgültigkeit mitschwang. So, als wäre ein Lebenskapitel endgültig abgeschlossen und ein neues begonnen. Oder begonnen, es zu beginnen. Ihr lag eine Frage auf der Zunge, und als sie ansetzte, sie zu stellen, genügte ein Blick in die Augen der Tante, dass es noch zu früh dafür war.

„Danke", sagte Magda, „danke. Dann machen wir das so? Ich … ich bin sehr froh, dass du zu mir gekommen bist. Weißt du, so ganz allein …" Die Stimme versagte ihr.

Kathrin nahm sie in die Arme. „Ich bin da, Magda. Bin da und bleibe da."

In der Folge stellte Kathrin eine Liste auf, was sie alles noch in ihrem Zimmer für unabdingbar hielt. Neben einem Schreibtisch standen ein Bücherregal, ein Kleiderständer, ein Sessel, ein Couchtischchen, eine Stehlampe, ein Laptop und ein Drucker auf dem Zettel. Fürs Erste. Sie hoffte, dass von ihrem ersparten Geld dann noch etwas übrig blieb.

Denn nachdem sie sich in *Costa Rica* endgültig für eine Rückkehr nach Deutschland entschieden hatte, hatte sie in Vascos Supermercado in Puntarenas zuletzt Doppelschichten gefahren, um den Flug bezahlen zu können. Dank eines Last-minute-Angebots war sogar ein beachtlicher Rest in der Tasche geblieben. Da sie keine hohen Ansprüche stellte, weder an sich noch an ihr Umfeld, war ihr um ein Auskommen nicht bange.

Sanderhofen, 12. Juni 2020

Es war der Jetlag, der Kathrin gestern Abend von den Beinen geholt hatte. Gerade noch, dass sie Magda geholfen hatte, das Bett zu beziehen. Ihr neues Bett im neuen Zimmer unter dem Dach in Magdas Haus. Eingeschlafen mehr oder weniger im Stehen, und umgefallen wie eine Bahnschranke. Dass Magda ihr die Schuhe und die Hose auszog und die Bettdecke über sie ausbreitete, hatte sie nicht mehr gespürt.

Zwölf Stunden Schlaf am Stück. Kathrin tappte barfüßig und mit struwweligen Haaren nach unten, wo Magda am Küchentisch saß und in der Zeitung blätterte. Als sie Kathrin bemerkte, spritzte sie auf und eilte ihr entgegen: „Guten Morgen, meine Kleine", begrüßte sie die Nichte und umarmte sie innig. „Du hast so tief und fest geschlafen – ein paarmal habe ich nach dir geschaut, aber ich wollte dich nicht wecken. Frühstücken wir? Oder sag´ du, wie wir den Tag beginnen sollen."

„Frühstück? Ich glaube so ein richtiges Frühstück hab´ ich seit über zehn Jahren nicht mehr gehabt. In *Costa Rica* gab es immer nur pampiges Zeug."

„Dem kann abgeholfen werden", sagte Magda. „Wie wär´s mit Kaffee und Butterbrot mit Marmelade?"

„Hier bringen mich keine zehn Pferde wieder weg", strahlte Kathrin. „Kann ich was helfen?"

„Fürs Erste nicht. Wir besprechen dann, was wir heute unternehmen, okay?"

„Danke Tante, du bist lieb."

Es war bereits die dritte Brotscheibe, die Kathrin mit Butter und dick mit Marmelade bestrich: „Ist das die Marmelade, von der du mir immer geschrieben hast?", nuschelte sie mit vollen Backen.

„Mhm", antwortete Magda nicht ohne Stolz.

„Sie schmeckt sagenhaft, Tante. So gute hab´ ich noch nie gegessen. Hoffentlich hast du noch ein paar Gläser davon."

Magda lächelte. „Komm´ mit", sagte sie und stieg mit Kathrin die steile Kellertreppe hinunter. Dort zeigte sie ihr sechs Regale mit je drei Ebenen, die viel Platz für Eingemachtes boten. Ungefähr fünfzig Gläser mit Marmelade standen noch dort.

„Wow, sag´ bloß, hier hat mal alles vollgestanden?", staunte Kathrin. „Das ist ja der helle Wahnsinn. Verbrauchst du alles selber?"

„Das würde ich wohl kaum schaffen", lachte Magda. „Nein, ich verkaufe das meiste auf dem Markt."

Kathrin war beeindruckt. Sie stellte sich die ungeheure Menge vor. „Aber wo hast du all die Früchte her? Und wie schaffst du das? Ach, ich weiß: Hubert hat dir natürlich geholfen, gell?"

Magda zog einen Schlüssel aus der Rocktasche und öffnete die Kellertür von innen. Sie trat hinaus auf die Straße und zeigte mit der Hand auf den Hang hinter und neben ihrem Haus. Bis zur Waldgrenze und bis zum Ende des Tales breitete sich eine dunkel- bis blaugrün wuchernde Fläche in etwa der Größe eines Fußballplatzes aus. „Schau, von diesen Sträuchern hab´ ich die Früchte. Wilde Brombeeren. Sie sind von selbst gewachsen. Mit einer einzelnen Hecke hat es mal angefangen und es sind immer mehr geworden. Ach ja, und Hubert hat mir nie dabei geholfen.“

„Aber man braucht eine Armee, um das alles … ich meine, du bist allein“, warf Kathrin ein.

Magda lächelte still. „Jetzt nicht mehr. Du bist ja da.“

Sie setzten das unterbrochene Frühstück fort. Magda machte ein Gesicht, als würde eine schwere Last sie erdrücken.

Kathrin spürte das. „Magda. Nun sag´ schon: Was ist los mit Hubert? Du hast mich damals nicht aufnehmen können – er hat dir mit den Brombeeren nicht geholfen – und nun, da er gestorben ist, darf ich zu dir kommen. Was immer du erzählen willst, bleibt in meinem Herzen.“

Magda wankte auf dem Stuhl hin und her. Dann seufzte sie: „Einmal muss ich dir ja reinen Wein einschenken. Hubert hat mich geschlagen. Er war ein gewalttätiger Mensch.“

Kathrin hielt sich vor Entsetzen die Hand vor den Mund. „Oh Gott, das ist ja schlimm. Aber ich kannte ihn nur als netten Onkel. Fast überfreundlich, soweit ich mich erinnere.“

Magda nickte: „Ja, das konnte er. Vor anderen Leuten glänzen. Aber die Gewalt war nicht alles. Er war auch ein lüsterner Kerl. Wenn deine Mama noch leben würde, könnte sie ein Lied davon singen. Und als er dich – wie alt warst du damals – zehn, elf Jahre, ständig geknutscht, gedrückt und umarmt hat, konnte ich es nicht länger mit ansehen und musste handeln.“

„Du meinst ….“ Kathrin stockte der Atem.

„Ja, das meine ich", antwortete Magda mit erstarrter Miene. „Wenn er betrunken war, verlangte er die unwürdigsten Sachen von mir. Und wenn ich es nicht konnte, gab es Schläge, bis ich es konnte. Ich kann das gar nicht schildern. Und überhaupt war kein Rock vor ihm sicher. Er war ein Monster, Kathrin."

Kathrin nahm Magdas Hand. „Aber wieso hast du das so lange ausgehalten, Tante. Warum bist du nicht ausgezogen?"

„Ja, diese Fragen hab´ ich mir auch oft gestellt. Aber irgendwann, so arg das klingen mag, habe ich mich daran gewöhnt. Ich weiß, dass sich das bescheuert anhört, aber ich habe standgehalten. Hab´ mich nicht brechen lassen. Und überhaupt ist dieses Haus mein Haus. Es ist mein Eigentum. Hätte ich ihm das überlassen sollen? Im Traum habe ich nicht daran gedacht, verstehst du?"

Ihre Augen begegneten sich. Dann bemerkte Kathrin, wie Magdas Blick wie Glas zerbrach und ein Beben ihren Körper erschütterte. Da konnte auch Kathrin die Tränen nicht mehr zurückhalten. Rasch war sie an Magdas Seite und hielt sie fest, einfach nur fest, und hielt sie noch, als der Kaffee in den Tassen kalt geworden war.

„Morgen ist übrigens Markttag in Sanderhofen", schniefte Magda nach einer Weile, als die aufgewühlten Emotionen abgeebbt waren. „Ab neun Uhr geht´s los. Ich möchte die circa fünfzig Marmeladegläser zum halben Preis verkaufen. Im August beginnt ja schon die nächste Produktion."

„Aber ein Glas bleibt hier", protestierte Kathrin.

„Nur die Ruhe, meine Kleine. Für unseren Eigenbedarf ist gesorgt. Kommst du morgen mit?"

„Na klar! Du musst mir alles zeigen und beibringen."

„Fein. Dann fangen wir jetzt gleich mit dem Zeigen an", sagte Magda, stand auf und öffnete die Tür zur sogenannten Speis, die sich an die Küche anschloss. Neben den üblichen Lebensmittelvorräten befanden sich darin alle Geschirre und Geräte, die man für die Verarbeitung der Brombeeren brauchte. Riesige Kochtöpfe, Dampfentsafter, Saftflaschen, leere Gläser, Verschlussdeckel, Schöpflöffel, Siebe, Sammelschalen zum Umbinden und so weiter.

„Wenn es losgeht, ist es ein Ganztagesjob", erwähnte Magda nebenbei.

„Und du verkaufst alles?"

„Jaja, ich hab´ da meine festen Abnehmer, und dann halt auf dem Wochenmarkt."

„Entschuldige, wenn ich das frage: Davon kannst du leben?"

„Davon können **wir** leben, Kathrin. Mach´ dir um Geld mal keine Sorgen. Ich hab zu Beginn des neuen Jahres drei Grundstücke verkauft. Du bist auf dem Weg hierher daran vorbeigelaufen. Sie haben Hubert gehört, und da er sie jetzt nicht mehr braucht …? Ha, das hat er nun davon!" Sie freute sich diebisch.

Magda besaß kein Auto und sie hatte keinen Führerschein. Zur Arbeit war sie bei Wind und Wetter mit dem Fahrrad gefahren, und für den Transport der Brombeermarmeladen und -säfte zum Markt benutzte sie einen Einachstraktor mit Anhänger der Marke

Honda. Mehr brauchte sie nicht, wie sie sagte und zeigte Kathrin umgehend, wie er funktionierte. „Unverwüstlich und praktisch. Das ist so geil wie eine Fahrt mit einer *Harley Davidson*." Sie lachte selbst über den Vergleich. „Gegen Sonne und Regen habe ich immer einen Schirm auf der Ladefläche. Und vorne auf der Sitzbank haben zwei Personen Platz. Wirst ja morgen sehen.

Ach, Süße, ich freu´ mich so, dass du da bist."

Kathrin machte sich doch ein paar Sorgen. So überwältigend der Empfang durch ihre Tante auch war und so sehr sich die Dinge zu eitel Sonnenschein entwickelten – sie würde älter werden und unter Umständen nicht mehr fähig sein zu arbeiten, geschweige denn vom Erlös des Früchteverkaufs zu leben. Sie hatte in ihrem Alter noch keinen einzigen Cent in eine Rentenversicherung einbezahlt. Auf die Idee war sie in *Costa Rica* gar nicht gekommen und behördliche schriftliche Nachweise für ihre Tätigkeiten dort existierten nicht.

„Beziehst du eigentlich eine Rente?", fragte sie. „Du bist ja einer angemeldeten Arbeit nachgegangen."

„Ja, klar beziehe ich eine Rente. Und eine Witwenrente. Warum fragst du?"

Kathrin atmete tief ein und aus. „Naja, ich habe nichts, Tante. Ich komme mit vierunddreißig Jahren hierher und will hier mit dir alt werden – aber ich habe auf nichts Anspruch. Denkst du nicht, dass ich mir eine Arbeit suchen sollte? Um wenigstens im System registriert zu werden und vielleicht mal eine Grundrente erhalten kann."

„Ich weiß, was du meinst, meine Kleine. Und ja, das halte ich für eine gute Idee. Schon auch wegen des Selbstwertgefühls. Darum kümmern wir uns nach dem Wochenende." Magda nahm Kathrins Hände. „Nötig hättest du es jedoch nicht. Denn hier gehört alles dir. Ich habe ein Testament gemacht und dir alles überschrieben. Haus, Hof, Grund und Konten. Auch das Geld vom Verkauf von Huberts Grundstücken. Brauchst dir echt keine Sorgen zu machen."

Kathrin war sprachlos. Überwältigt. „Ich ... ich ..." Magda drückte ihre Hände. „Ich weiß. Ich weiß."

Sanderhofen, 13. Juni 2020

Noch hatte Kathrin nicht das ganze Anwesen in Augenschein genommen. So befand sich seitlich des Hauses eine kleine Scheune, in der der *Honda*-Einachstraktor abgestellt war. Daneben stapelten sich Span- und Weidenkörbe, hingen armlange eiserne Haken an der Wand, standen hölzerne Schemel in einer Ecke nahe dem hinteren Ausgang.

„Hinzu fahre ich, heimzu fährst du", bestimmte Magda am Morgen, und warf eine Decke über die Sitzbank des *Honda*. „Beeilen brauchen wir uns nicht. Wir haben einen Stammplatz."

Es versprach ein heißer Tag zu werden, doch in den Morgenstunden fühlte sich die Luft wunderbar kühl und prickelnd an wie Sektbläschen am Gaumen. Kathrin war angespannt und euphorisch zugleich. Neben Magda auf dem Bock zu sitzen war eine ganz neue

Erfahrung. Sie wollte jauchzen vor Begeisterung – und jauchzte: „Juchuuu!!!"

Magda schaute sie von der Seite an und lächelte glücklich.

Hinter ihnen auf der Pritsche des Anhängers klirrten die Gläser und Flaschen, die für den Verkauf gedacht waren. In einem Korb waren Getränke und Vesper für den Eigenbedarf eingepackt.

Die Fahrt dauerte nur ungefähr vier Minuten, und Magda steuerte das Gefährt direkt zu ihrem Standplatz.

Dass sie eine allseits bekannte Persönlichkeit war, registrierte Kathrin an den vielen Grüßen, die Magda unterwegs zuflogen. Auch als sie den Anhänger als Verkaufsstand herrichteten, kamen die Betreiber benachbarter Stände auf einen Schwatz vorbei. Das Interesse galt natürlich dem neuen Gesicht an Magdas Seite, und diese wurde nicht müde, Kathrin in wärmsten Farben vorzustellen.

Der Markt fand traditionell auf dem gleichnamigen Platz statt. Ein Viereck zwischen Kirche und Rathaus. In der Mitte ein Pavillon für kulturelle Anlässe wie Konzerte und Schauspiele, mit Publikumsplätzen, eines römischen Theaters nachempfunden. Alles umsäumt von einer Reihe mächtiger Platanen. Zwischen zweien solcher Bäume bot Magda ihre Ware an.

Und immer wieder musste Magda Rede und Antwort stehen. Die Kunden überschlugen sich förmlich vor Freundlichkeit, und noch nie hatte Kathrin sich so begutachtet gefühlt wie unter den Augen der Marktbesucher, nicht mal in einer der männerlastigen Bars in *Costa Rica*, in denen sie gekellnert hatte.

„Mach dir nichts draus", sagte Magda, „das ist hier leider so. Dass du Dorfgespräch bist, hält nur ein oder zwei Tage an, dann erlischt das Interesse automatisch. Leg´ dir ein dickes Fell zu oder heule mit den Wölfen, aber am besten ist, du hast immer eine Sammlung passender Antworten parat."

Am frühen Nachmittag war ihr Anhänger leer. Ausverkauft.

Im Industriegebiet der Gemeinde gab es einen *Secondhandshop*, der von gebrauchten Möbeln, Töpfen und Geschirren über Kleider und Bücher auch Elektronikartikel im Angebot hatte, inklusive Lieferservice. Dorthin fuhren die beiden Frauen und kauften die Sachen ein, die Kathrin auf ihrer Liste stehen hatte. Während sie, was sie an Möbeln brauchte, für kommenden Montag einen Liefertermin vereinbarte, nahm sie die tragbaren Dinge gleich mit. So erstand sie einen *refurbished* Laptop samt Drucker, eine Prepaidkarte für ihr Handy sowie eine Mehrfachsteckerleiste. Ihr Zimmer würde zwar aussehen wie ein Mixtur verschiedener Stile, doch das störte sie nicht. Die Sachen waren gut gebaut und zweckmäßig, und Hauptsache der Schreibtisch verfügte über mehrere Schubladen. Danach war Kathrin so gut wie pleite.

Sanderhofen, 14. Juni 2020
Magda tat geheimnisvoll. Erstens trug sie eine Hose, und zweitens summte sie zu einer spirituell wirkenden Fröhlichkeit eine Melodie, die Kathrin stark an

das englische Volkslied *Scarborough Fair* erinnerte. Kathrins Augenbrauen formten zwei Fragezeichen.

Na endlich reagiert sie, dachte Magda, denn sie konnte es kaum erwarten, sich zu erklären. „Du willst wissen, warum ich so gut gelaunt bin? Nun, es ist Sonntag, das Wetter ist schön, und heute werde ich dich meiner Königin vorstellen."

„Kö ..."

„... nigin, jawohl. Es ist Zeit, ihr einen Besuch abzustatten. Du sollst sie kennenlernen, und sie dich."

„Äääh, muss ich da bestimmte Anstandsregeln beachten, Hofknicks und so weiter, oder ein Gastgeschenk mitbringen?"

„Sei einfach du selbst. Ein Geschenk hab´ ich schon."

Sie verließen das Haus über den hinteren Scheunenausgang. Magda hatte zu festen Schuhen geraten, was Kathrin vor ein kleines Problem stellte, denn in *Costa Rica* galten bereits Sandalen als feste Treter. Aber da Magda über ein Arsenal fester Schuhe verfügte, konnte sich Kathrin ein passendes Paar aussuchen.

Sie marschierten den Hang hoch, über die ungemähte Wiese, deren Gräser den Frauen bis an die Hüften reichten. Kathrin hinter Magda mit pochendem Herzen. Nicht der Anstrengung wegen, sondern vor Aufregung und wegen Magdas bedeutungsschwangerem Gebaren. Und Kathrin wunderte sich nicht von ungefähr, denn sobald sie die Grenze des Brombeerfeldes erreichten, wechselte Magdas Sprache in einen sanften, fast zärtlichen Singsang. Ihre Hände streiften dabei die langen grünen Triebe der Brombeerranken, und selbst ihr Gang wurde feenhaft leicht.

Kathrin, die hinter ihr ging, fragte: „Was tust du da, Tante. Vollführst du ein Ritual?"

Magda wandte sich mit seligem Gesicht um. „Nein, ich begrüße meine Freundinnen, und sie begrüßen mich. Schau, wie herrlich sie blühen. Das sind meine geliebten *Huschen*."

„Ach, jetzt versteh´ ich, was du mit *Huschen* gemeint hast. Ich konnte mit dem Begriff erst nichts anfangen. Ja, das ist wunderbar", stimmte Kathrin zu. „Und die vielen Bienen und Hummeln."

„Überwiegend Wildbienen und -hummeln. Mit der Zeit lernst du sie unterscheiden. Ich habe ein Insektenlexikon, worin sie beschrieben sind. So, und jetzt gehen wir hinein. Bleib einfach hinter mir."

Wo hinein? Wie hinein? Kathrin blickte skeptisch auf die grüne Wand, die vor ihr aus dem Boden wuchs. Sie sah nur ein undurchdringbares Knäuel, ein Wirrwarr von Ästen, Zweigen, Trieben und Ranken. Sie verstand nicht, was ihre Tante mit da *hineingehen* meinte. Aber da hob Magda bereits das Bein, machte den ersten Storchenschritt, knickte die Hüfte, beugte Rumpf und Kopf, und weg war sie, beinahe unsichtbar hinter der ersten Hecke am Rande der Fläche.

„Wie soll ich denn hier durchkommen? Ist ja total zugewachsen und ich hab´ keine Handschuhe." Sie lupfte hilflos die Schultern.

„Moment, Süße, ich kehr´ nochmal um, und dann machst du mir´s nach." Und schon stand Magda wieder draußen neben Kathrin. „Handschuhe brauchen wir übrigens nicht. Wir wollen die Königin nicht beleidigen, indem wir uns vor ihren Stacheln fürchten. Folge mir einfach", sagte sie aufmunternd und stieg erneut in den Busch.

Kathrin beobachtete genau, wie Magda Beine und Füße setzte und wie sie den Oberkörper drehte und wand. Dann fasste sie sich ein Herz und probierte es selber, und ehe sie sich versah fand sie sich neben ihrer Tante wieder.

„Oho, oho, da haben wir ja ein Naturtalent entdeckt", klatschte Magda begeistert in die Hände. „Siehst du, ganz ohne Kratzer. Der erste Schritt ist immer der schwierigste. Von nun an geht es sich wie in einer Fußgängerzone, wirst sehen. Denn ist man erst mal im Reich der Königin drin, eröffnen sich einem die Wege wie von selbst."

Kathrins Atem ging schnell und flach.

„Ganz ruhig, meine Kleine. Nichts kann uns hier geschehen. Sei mal ganz still, nimm die Atmosphäre in dir auf und horch."

Kathrin hielt den Atem an und lauschte. Da war etwas. Ja, da war etwas. „Summ … Summ … die Bienen und Hummeln", flüsterte sie.

„Ja, Kathrin, versuch´ mal, über das Summen hinwegzuhören. Da ist noch etwas anderes", sagte Magda. „Entschuldige, es braucht etwas Übung."

Kathrin konzentrierte sich. Eben, als sie den Kopf schütteln wollte, drangen neue Geräusche an ihre Ohren. Sie klangen wie Wispern, Zischeln, Flüstern, überall um sie herum, schienen direkt aus den Brombeerhecken zu kommen. „Was … was … ist das? Die ganze Luft ist erfüllt davon."

„Was hörst du denn? Kannst du etwas verstehen?"

„Verstehen? Du meinst eine Sprache? Nein. Warte mal, ich … versuch´s mal. *„Hll, Mgd, schn dch z shn. Wn hast d d mtgbrcht. Wr st d jng Fr. Knnst d s ns vrstlln?"* Kathrin lachte. „Ist das richtig so?"

„Absolut, das ist sogar sehr gut. Etwas anderes habe ich auch nicht verstanden. Ich übersetze es für dich: *Hallo Magda, schön dich zu sehen, Wen hast du da mitgebracht? Wer ist die junge Frau? Kannst du sie uns vorstellen?"*

Kathrin begriff schnell. „Ich verstehe. Die Sprache verwendet nur die Konsonanten."

„Genau. Und in der gleichen Sprache kann ich auch mit ihnen reden. Pass´ mal auf. *"D jng Fr st mn Ncht. S whnt tzt b mr nd wrd ch ft bschn."* Na, was habe ich gesprochen?"

Kathrin legte einen Finger auf die Lippen. *„Die junge Frau ist meine Nacht. Sie wohnt jetzt bei mir und wird euch oft besuchen.* Äääh, wieso bin ich dein Nacht?"

Magda kugelte sich vor Lachen. „Nicht *meine Nacht*, sondern *meine Nichte*. Aber sonst war es perfekt. Komm´, wir gehen ein Stück weiter, und dabei hören wir zu, was uns die Brombeerfreunde erzählen."

Magda lotste sie durch die sogenannte *Fußgängerzone* des weiten Brombeerfeldes, was eine immense Übertreibung war. Die Sonne brannte heiß vom Himmel und Kathrin stand bald der Schweiß auf der Stirn. Sie nahm sich vor, beim nächsten Mal einen Strohhut aufzusetzen. Während sie, als würde sie Tag für Tag nichts anderes machen, schlafwandlerisch hinter der

Tante durch die Dornen stakste und streifte, übte sie sich in der Konsonantensprache: „*Mn Nm st Kthrn. Hbt hr ch nen Nmn? W h d? Vrrtst d m dn Nmn?*"

Prompt erhielt sie eine Antwort: „*Ch bn d Zsl vm Kngnhf. N mr msst d vrb, wnn d zr Kngn wllst.*"

Was übersetzt hieß: *Mein Name ist Kathrin. Habt ihr auch einen Namen? Wie heißt du? Verrätst du mir deinen Namen?*

Ich bin die Zausel vom Königinhof. An mir musst du vorbei, wenn du zur Königin willst.

Magda sagte: „Siehst du, wie gut wir durch die Dornenhecken kommen? Sie nehmen uns freundlich auf, weil sie fühlen, dass wir in keiner bösen Absicht kommen. Hubert hat es ein einziges Mal probiert und ist kläglich gescheitert. Er war zerkratzt von Kopf bis Fuß. Danach hat er die Brombeeren abbrennen wollen. Da hab´ ich mich einfach mittenrein gestellt."

„Und er hat die Brombeeren nicht abgefackelt", stellte Kathrin fest.

„Wenn er mir das genommen hätte, wäre er noch viel früher gestorben! Das hab ich ihm versprochen und er hat es wohl kapiert", wetterte Magda mit toternster Miene.

Magda verlangsamte das Tempo, wenn man überhaupt von einer Geschwindigkeit reden konnte, bei der die Frauen durch die Brombeeren wandelten. In der Tat bewegten sie sich kreuz und quer stetig der Mitte des Reiches zu, wie in einer Stadt von einem Geschäft zum anderen, und überall wurden sie begrüßt und hielten einen kleinen Schwatz. Das war die beste Übung für Kathrin. Es war ja im Grunde keine

Fremdsprache, sondern die gewohnte, bloß ohne Vokale. Es brauchte halt etwas Fantasie und Vorstellungsvermögen. Und wenn Kathrin sich mal verplapperte oder falsch übersetzte, brachen sie darüber in herzliches Gelächter aus, und auch die Brombeeren schienen ihren Spaß daran zu haben.

„Wir nähern uns der Königin", raunte Magda und wies dorthin, wo bei einem Fußballplatz etwa der Mittelkreis liegen würde. „Du erkennst sie an der Größe, aber auch an ihrer Politik. Ach, vielleicht ist Politik der falsche Ausdruck. An ihrer Regentschaft. An ihrer Philosophie. An ihrer Weisheit. Siehst du, da vorne? Die mächtige Dorne, die alle anderen überragt? Das ist sie. Sie versteht Spaß, aber keinen Blödsinn. Ach ja, und Dummheit kann sie absolut nicht leiden. Vielleicht machst du mir nach, was ich tue."

Magda näherte sich der riesigen Hecke mit kleinen, tänzerischen Schritten und summte dazu jenes Lied, das Kathrin schon einmal von ihr gehört hatte. Weil sie es kannte, summte sie mit. „Das gefällt ihr", raunte Magda über die Schulter.

Auf einmal änderte sich die Atmosphäre. Lastete eben noch die Glut der Sonne auf ihren Schultern, wurde die Luft leicht und frisch, beinahe ätherisch, und es roch komischerweise ein bisschen nach Menthol. Hier balgten sich auch die dicksten Bienen und Hummeln um jede einzelne Blüte. Kathrin fühlte sich wie schwerelos, und ein luftiger Hauch umspielte ihre langen Haare.

Und dann standen sie vor ihr. Vor der Königin. Eine Hecke groß wie ein Dom. Aus dem Boden ragte ein Stamm, dick wie Kathrins Schenkel, mit grauschwarzer schorfiger Rinde. Von ihm strebten armstarke Äste in alle Himmelsrichtungen, auch die in Grau, um wiederum Zweige zu verteilen, die ihrerseits nun dunkelgrün waren. Abermals wechselte das Farbenspiel, denn die nächste Generation von Trieben bevorzugte ein helles Grün. Sie waren weich und biegsam und so lang wie Pferdekutscherpeitschen. Allen gemein waren die extrem spitzen Stacheln. Das imposanteste Bild jedoch waren die aberhundert Blütenstände. Die Königin der Brombeeren strotzte vor Vitalität.

Kathrin gefiel die Bezeichnung *Königin* nicht besonders. Für sie war es mehr eine *Grande Dame*. Eine Dame mit Ausstrahlung und Würde, mit einer Geschichte. Und dass sie weiblich war, stand für sie außer Frage.

Magda stand in aufrechter Haltung vor ihr. „Sie mag keine Duckmäuser", flüsterte sie Kathrin zu, „aber man muss warten, bis man von ihr angesprochen wird."

Ein Windhauch bewegte die Blätter der Königin. *Ch grß dch, Mgd. D bst ncht lln. Wllst d mr sgn, wn d mr brngst? (Ich grüße dich, Magda. Du bist nicht allein. Willst du mir sagen, wen du mir bringst?)*

„*S st d Tchtr mnr Schwstr. S whnt b mr m klnn Hs nd wll d Ghmns dr Mrmldzbrtng lrnn." (Es ist die Tochter meiner Schwester. Sie wohnt bei mir im kleinen Haus und will das Geheimnis der Marmeladezubereitung lernen.)*

„*S sht dr shr hnlch, Mgd. D wrst n gt Lhrrn sn." (Sie sieht dir sehr ähnlich, Magda. Du wirst eine gute Lehrerin sein.)*

„Dnk, mn Kngn. Ch hb dr tws mtgbrcht." (Danke, meine Königin. Ich habe dir etwas mitgebracht.) Magda nestelte in der Hosentasche, zog ein Taschentuch hervor und holte den Stachel heraus, den sie eingewickelt hatte. *„Ch hb hn vrshntlch mtgnmmn. R ghrt dr."* (Ich habe ihn versehentlich mitgenommen. Er gehört dir.)

„H! B dr st r gwsn? Ch hb hn schn vrmsst. Vln Dnk, Mgd. Lg hn nfch vr mr f dn Bdn. D bst n wndrbrr Mnsch. Wr shn ns dnn wdr, wnn d Frcht rf snd. Ch wrd dn Hrlchkt whlwllnd n Rnnrng bhltn. Ch wnsch ch nn schnn Tg." (Oh! Bei dir ist er gewesen? Ich habe ihn schon vermisst. Vielen Dank, Magda. Leg´ ihn einfach vor mir auf den Boden. Du bist ein wunderbarer Mensch. Wir sehen uns dann wieder, wenn die Früchte reif sind. Ich werde deine Ehrlichkeit wohlwollend in Erinnerung behalten. Ich wünsche euch einen schönen Tag.)

Erneut ließ ein Wind die Blätter der Königin erzittern. Für Magda war es das Zeichen, dass die Audienz beendet war. Weiter mit der Königin zu sprechen, verbot der Anstand. Sie würde, das wusste sie aus Erfahrung, auch keine Antwort mehr erhalten.

Kathrin musste zugeben, dass sie ohne Magdas Hilfe den Rückweg aus dem Labyrinth der Brombeeren nicht gefunden hätte. Die Begegnung mit der *Grande Dame* hatte einen tiefen Eindruck bei ihr hinterlassen, sodass sie nicht mehr so konzentriert auf Schritte und Bewegungen achtete und das eine oder andere Mal an den Dornen hängen blieb und einige Kratzer davontrug. Aber sie war nicht zimperlich und wusste, dass es nicht die letzten Blessuren sein würden. Sie betrachtete es als ersten Obolus, den sie zu entrichten hatte, mit sichtbarer Quittung. Irgendwie fühlte sie sich geadelt.

Sie war wie beseelt und meinte sie schwebe, als sie an der Seite der Tante durch das hohe Gras zum Haus stapfte. An der Scheunentür drehte sie sich nochmals um und warf einen Blick zurück auf die gegangene Strecke. Dabei fiel ihr auf, dass ihre eigene Spur weit weniger ausgeprägt war als Magdas.

Im Schatten der Balkonüberdachung war die Nachmittagshitze am besten zu ertragen. Unter ihren Füßen gluckerte der kleine Bach, ein nimmermüder Spender von stetig kühler Luft.

Magda und Kathrin labten sich an Kaffee und Erdbeerkuchen und planten die notwendigen Einkäufe für die anstehende Brombeersaison. Nicht, dass sie morgen schon zur Ernte schreiten mussten, aber die Dinge wollten bestellt sein. Hauptsächlich ging es um die Marmeladengläser und die Saftflaschen, aber auch um eine ausreichende Menge an Zucker und Selbstklebeetiketten. Was an verderblichen Zutaten erforderlich war, Zitronen zum Beispiel, wurde auf ein Merkblatt notiert.

„Wenn wir zu zweit sind, rechne ich mit tausend Marmeladengläsern und vorerst zweihundert Saftflaschen", sagte Magda. „Kriegen wir alles bei der Zentralgenossenschaft im Ort."

Kathrin blieb die Luft weg.

„Jaha, und für die Früchte der Königin nehmen wir extra fünfzig Schmuckgläser. Oder hundert. Glas wird ja nicht schlecht, oder? Was wir haben, das haben wir, gell?"

Kathrin stellte sich die schieren Mengen vor und bezweifelte, dass der Platz in den sechs Kellerregalen ausreichen würde. „Aber Magda …"

„Ich weiß, was du denkst", unterbrach Magda sie, „wo, um Himmels Willen, sollen wir das ganze Zeug unterkriegen? Du vergisst, dass wir von der frischen Marmelade auch ständig auf dem Markt verkaufen werden. Das haut schon hin, meine Liebe."

„Stehen wir da nicht von früh bis spät in den Brombeeren, beziehungsweise in der Küche? Pflücken, einkochen, pflücken, einkochen? Das nennt man dann wohl einen *Fulltime-Job*. Berichtige mich, wenn ich das falsch sehe."

„Ja, das trifft es ziemlich gut. Von August bis Ende Oktober, wenn es nicht gerade wie aus Eimern kübelt, gibt es eigentlich nur an den Samstagen etwas Pause. Wenn wir auf den Wochenmarkt fahren. Aber sonst?"

Kathrin machte ein betretenes Gesicht. „Halten wir das denn durch?"

Magda langte über den Tisch und tätschelte ihre Hand. „Mach´ dir mal keine Sorgen deswegen. Ich bin kein Sklaventreiber und auf der Flucht sind wir auch nicht. Alles mit Maß und Ziel, okay?"

Kathrin blies die Backen auf. „Na, da bin ich mal gespannt."

Magda nickte. „Nur eines noch: Vielleicht solltest du mit der Arbeitssuche bis November warten, falls du das im Auge behalten willst."

Sanderhofen, Juni bis November 2020

Nachdem Kathrins Möbel eingetroffen waren, fühlte sie sich endlich daheim angekommen. Was noch fehlte, wie zum Beispiel Bücher, Bilder oder Dinge mit persönlicher Note, würde das neue Leben ganz von selbst anschaffen und einrichten. So, wie es überall geschah.

*

An einem Samstagnachmittag Anfang Juli fielen Kathrin ungewöhnlich viele Autos auf, die am Haus vorbeifuhren, mit dem Ziel irgendwo am Ende des Tales. Magda, daraufhin angesprochen, sagte: „Heute und morgen findet das Sommerfest der Vereine statt. Es befindet sich direkt hinter der Waldgrenze eine große Lichtung, wo alle Jahre das Zelt aufgebaut ist. Es gibt Bratwürste, Steaks und Pommes Frites, Bier und Wein. Wenn die Musik spielt, hört man sie bis hierher. Wir können heute Abend mal hingehen, falls du Lust hast. Es wird auch getanzt."

„Ooch, warum nicht? So ein bisschen Abwechslung tut uns bestimmt gut."

„Fein, dann lernst du auch ein paar Leute kennen. Den Bürgermeister zum Beispiel, oder die Vereinsvorstände, aber auch andere. Doch wir laufen nicht die Straße entlang, sondern nehmen den Feldweg, der oberhalb der Brombeeren entlang führt. Der ist sicherer. Auf der Straße muss man nämlich ständig ausweichen und in den Graben treten."

Also stiegen sie am Abend unter dem Klang der Blasmusik den Hang hinter dem Haus empor, und bogen dann auf den Feldweg ein, der nach Magdas Worten zum Festplatz führte. Bei ihrer Ankunft war das Festzelt bereits gerammelt voll. Kathrin hatte mit einem derartigen Menschenauflauf nicht gerechnet. Auf der Suche nach Sitzplätzen drückten und quetschten sie sich durch die eng gestellten Tische und Bänke, und allenthalben wurde Magda von Bekannten begrüßt und angesprochen. Es war wohl unumgänglich, dass bei jeder dieser Begrüßungen Kathrin vorgestellt wurde. *Schön, schön, die Nichte ist das? Und wohnt jetzt bei dir? Ach, dann sehen wir sie ja häufiger, gell?*

Die Trachtenkapelle spielte auf einer Seite der Bühne überwiegend Polka. Die andere Seite war zum Tanz freigegeben. So es dauerte nicht lange, bis Magda von Männern ihres Alters zum Tanz gebeten wurde, und sie nahm die Aufforderungen mit sichtlichem Vergnügen an. Während Kathrin sie beobachtete, wurde auch sie von etwas jüngeren Männern angefragt, die ihr allesamt fremd waren. Und jedem einzelnen gab sie, nicht ohne schamrot zu werden, einen Korb. Was nicht unbedingt jedermann gefiel, und auch Magda zischte ihr in einer Tanzpause zu, doch nicht so verhuscht zu sein.

Den Vorwurf ließ Kathrin nicht lange auf sich sitzen, und forderte zur nächsten Tanzeinlage ihrerseits eine Frau ihrer Generation auf, deren Äußeres sie sympathisch fand und die zufällig in ihrer Nähe saß. Irene hieß sie, und sie war nicht abgeneigt, mit Kathrin ein paar Runden zu drehen.

Das blieb der versammelten Gemeinde, und speziell den abgewiesenen Herren, nicht verborgen, und

Kathrin bemerkte, dass sie fortan mit sauertöpfischen Mienen taxiert wurde. Es war ihr kurzum gelungen, bei ihrem ersten Auftritt in der Öffentlichkeit, wenn man vom Verkaufsstand auf dem Dorfmarkt absah, einen Stempel aufgedrückt zu bekommen. *Das ist so eine!*

Selbst Magda fühlte sich hintergangen. „Das kannst du doch nicht machen, Mensch. Was denkst du, was die Leute sagen? Du bist doch hier nicht in der Stadt. Das fällt ja auch auf mich zurück. Auf unser Geschäft. Was ist bloß in dich gefahren?"

Kathrin spürte zum ersten Mal, dass die Idylle auf dem Land unter Magdas Dach eventuell doch nicht ganz dem entsprach, was man gerne vorgab zu sein. Ihr blieb förmlich die Spucke weg und sie war leider viel zu wenig spontan, um angemessen auf Magdas Standpauke zu reagieren. Fürs Erste jedenfalls war ihr die Freude am Fest gehörig vergällt, weshalb sie es unter Vortäuschung angeblicher Kopfschmerzen bald verließ. Wann Magda nach Hause kam, kriegte sie nicht mehr mit.

In der Annahme, die Tante würde den Anlass beim Frühstück nochmals aufgreifen, war Kathrin auf einen entsprechenden Disput gefasst. Als Magda den Vorfall jedoch zu vergessen haben schien, ließ es auch Kathrin des heiligen Hausfriedens willen dabei bewenden.

*

Einmal wöchentlich statteten sie den Brombeeren einen Besuch ab. Kathrin sah, dass der Reifeprozess der

Brombeeren völlig ohne ihr Zutun vorankam. Nach und nach verschwanden die Blüten und an ihrer Stelle bildeten sich die typischen Fruchtkörper heraus: Erst klein und hellgrün, aber in der Anlage war die spätere Beere bereits entwickelt.

Kathrins Motto lautete *learning by doing*, weshalb sie sich auch ohne Magdas Anleitung in die Hecken wagte. Da es von Mal zu Mal besser klappte, erlernte sie einen eigenen Stil. Vielleicht sah er nicht so elegant aus wie Magdas Vorgehensweise, doch darauf kam es letztlich nicht an. Wichtig war nur, den Respekt vor den spitzen Stacheln nicht zu verlieren und jeder einzelnen Hecke Achtung entgegenzubringen. Letzteres geschah durch die Gespräche mit ihnen.

Einmal fragte Kathrin eine der Plaudertaschen: *„Sprcht jmnd vn ch n Frmdsprch?"*

Das Gekicher rings um sie herum war bestimmt bis zum Haus hinab zu hören. *„Nn, vn ns hr m Rnd knn nmnd n ndr Sprch. Ds drf nr nsr Kngn. D sprcht Frnzssch. Ds st b d dlgn Ltn s."* (Nein, von uns hier am Rande kann niemand eine andere Sprache, Das darf nur unsere Königin. Die spricht Französisch. Das ist bei den adligen Leuten so.)

Kathrin antwortete spaßeshalber: *„Sd hr dnn ncht zr Schl ggngn?"* (Seid ihr denn nicht zur Schule gegangen?)

Jetzt wackelten die Büsche. *„D bst vllcht lstg. Wr snd wld Brmbrn nd brchn kn Schl. Dfr schmckn wr ch bssr ls d gzchttn s dr Bmschl."* (Du bist vielleicht lustig. Wir sind wilde Brombeeren und brauchen keine Schule. Dafür schmecken wir auch besser als die gezüchteten aus der Baumschule.)

„*N, dnn ml tschss, hr Wldn. Bs n nr Wch.*" (*Na, dann mal tschüss, ihr Wilden. Bis in einer Woche.*), sagte Kathrin und schlängelte sich weiter durch den Kuddelmuddel. Sie nahm sich vor, *La Grande Dame* bei nächster Gelegenheit auf Französisch anzusprechen.

Dann war es so weit. Die ersten Beeren läuteten mit ihren blassroten Farben die heiße Phase ein. Längst wurden nicht alle Früchte zur gleichen Zeit reif. Was einerseits ein Vorteil, andererseits ein Nachteil war. Vorteil, weil man unmöglich alle Brombeeren aufs Mal pflücken konnte. Die Masse wäre einfach nicht zu bewältigen. Der Nachteil lag darin, dass sich dadurch die Saison bis Ende Oktober erstreckte.

Die Vorbereitungen für die Ernte liefen an. Magda karrte in mehreren Fahrten mit dem Einachstraktor die bestellten Gläser und Flaschen herbei. Kathrins Aufgabe bestand darin, alle einmal gründlich vorzuspülen. Da zahlte es sich aus, eine eigene Wasserquelle zu haben. Ferner wurden alle Kochgeräte inklusive Entsafter und benötigte Bestecke und Trichter geschrubbt. Es durfte nicht passieren, dass eine Charge wegen unsauberer Geräte vernichtet werden musste. Schlimmer noch: Dass eine ganze Serie verdorbener Ware in den Verkauf geriet. Beides nicht auszudenken.

Es konnte sich höchstens noch um eine Woche handeln. Die Frauen gingen nun täglich zum Brombeerfeld, um den Reifegrad per Beiß- und Geschmacksprobe zu testen. Magda wusste, dass jedes Jahr ein unscheinbarer Strauch vor allen anderen am weitesten fortgeschritten war. Ein Vordrängler, sozusagen. Ob es am Standplatz, an der Bodenbeschaffenheit, an der Sonne oder an den Genen lag – etwas Genaues konnte auch Magda nicht sagen. Nur, dass es so war. Noch aber fehlte ein Quäntchen.

Drei Tage später, am zweiundzwanzigsten Juli, schnalzte Magda mit der Zunge. Die erste Brombeere, blauschwarz und prall, traf ihren Geschmack. „Morgen", sagte sie, „morgen fangen wir an."

Kathrin schlief schlecht in der Nacht. Sie wälzte sich im Bett hin und her und fragte sich, ob sie den Anforderungen gewachsen sein würde. Im Prinzip hatte ihre Unruhe schon am Abend begonnen. Sie hatte mit Magda einen Krimi im Fernsehen geguckt und konnte sich hinterher weder an Handlung noch an Schauspieler erinnern. Etwas, das ihr unter normalen Umständen nie passiert wäre.

Stand die Frage im Raum, wie sie vorgehen wollten. Entweder die eine pflückte ganztags, während die andere dafür Marmelade kochte, vielleicht von Tag zu Tag abwechselnd. Oder sie pflückten beide von morgens bis mittags, und kochten nach der Mittagspause gemeinsam ein.

Kathrin bevorzugte die zweite Variante, was Magda durchaus recht war. „So hab´ ich mehr von dir, meine Kleine."

Magda hielt im Kalender fest, wann sie mit der Ernte begannen: Dreiundzwanzigster Juli. Am ersten Tag war die Menge an reifen Früchten noch überschaubar. So war es quasi ein sanfter Einstieg in das, was noch kommen sollte. Sie stellten fest, dass sie sowohl beim Ernten als auch bei der Produktion harmonisch zusammenarbeiteten.

Dann, nach ungefähr einer Woche, rief *La Grande Dame* zu ihren Luxusgeschöpfen, die alle Handelsklassen an Qualität sprengten. Kathrin nutzte die Gelegenheit, die Königin auf Französisch anzusprechen, ließ aber auch hierbei die Vokale weg.

„*Bnjr, mdm, j ss trs hnr d pvr prndr d vs mrs.*" (*Guten Tag, Madame, ich fühle mich sehr geehrt, von Ihren Brombeeren nehmen zu dürfen.*)

„*Ah, quelle surprise! Tu parles ma langue? Cést merveilleux. Nous pouvons parler normalement. Qu' est-ce que tu as dit?*" (*Ah, welche Überraschung. Du sprichst meine Sprache? Das ist wunderbar. Wir können ganz normal reden. Was hast du gesagt?*)

„*J'ai dit: Bonjour, Madame, je suis très honoré de pouvoir prendre de vos mûres.*"

„*Bien sûr. Mais tu sais que tu dois me donner quelque chose de toi.*" (*Natürlich. Aber du weißt, dass du mir etwas von dir geben musst.*)

„*Oui, mais qu'est-ce que ce sera?*" (*Ja, aber was soll es sein.*)

„*J'aimerais prendre quelques-uns de tes beaux cheveux, d'accord?*" (*Ich möchte mir ein paar von deinen schönen Haaren nehmen, einverstanden?*"

„*Si vous voulez.*" (*Wenn Sie es wollen.*)

„*Ja, das will ich.*", antwortete die Königin, und unmittelbar darauf verspürte Kathrin ein leichtes Zupfen an ihrem Haar, und sogleich sah sie eine kleine Strähne ihres braunen Haares in die Hecke fliegen.

„*Danke sehr*", sagte da die Brombeerkönigin. „*Wir können uns im Übrigen auch auf Deutsch unterhalten. Dann musst du dir nicht immer die Mühe machen, für deine Leser zu übersetzen.*"

Kathrin stutzte. „*Was meinen Sie mit* **meine Leser**?"

Die Königin kicherte vornehm. „*Ach, du weißt es vielleicht noch gar nicht, aber du wirst eine Geschichte schreiben. Nämlich diese Geschichte: Von Magda, von dir, von meinen Brombeerkindern und von mir. Und weil deine Leser nicht alle Französisch verstehen, musst du es ihnen übersetzen. Doch ab heute sprechen wir wieder Deutsch, nicht wahr? Und nun darfst du dich an meinen Früchten bedienen. Viel Glück und viel Erfolg damit. Bis zum nächsten Mal, Kathrin.*"

„Schau mal die herrlichen Brombeeren", sagte Kathrin stolz und zeigte ihrer Tante die Ernte.

„Ja, wunderbar. Dieses Jahr sind sie besonders schön. Was hat die Königin von dir verlangt?"

„Eine Haarsträhne. Und sie hat ganz wunderliche Dinge gesagt. Hat gemeint, dass ich eine Geschichte über uns schreiben werde. Ist das nicht merkwürdig? Ich habe nie daran gedacht, eine Geschichte schreiben zu wollen. Naja, vielleicht müssen Königinnen ein bisschen schrullig sein."

Magda lächelte still, ging jedoch nicht auf Kathrins Erlebnis ein, sondern wechselte rasch das Thema: „Wir werden die Königinnen-Brombeeren auch auf andere Weise zubereiten als die gewöhnlichen. Wir werden sie mazerieren. Also zweimal kochen. Und dazu nehmen wir keinen Gelierzucker, sondern

Haushaltszucker. Einmal kurz vorkochen, dann die Brombeeren über Nacht in den Kühlschrank stellen, und am nächsten Tag fertig kochen. Dabei können wir mit dem Zucker besser jonglieren, damit die Marmelade am Ende nicht zu süß wird, verstehst du?"

„Du bist die Fachfrau, Tante. Du bestimmst, wie was gemacht wird", erwiderte Kathrin.

Mit der ersten Produktion des Jahres fuhren sie am ersten August mit dem Einachstraktor auf den Markt. Immerhin standen neunzig Gläser Marmelade und fünfzehn Flaschen Saft zum Angebot. Dazu zwanzig Pappschalen unverarbeiteter Früchte für Leute, die ihre Marmeladen nach eigener Rezeptur zubereiten wollten, wogegen ja nichts zu sagen war. Die zwei Frauen konnten mit der Ausbeute der ersten Woche sehr zufrieden sein. Hauptsächlich die Königinnen-Marmelade ging weg wie warme Semmeln. Leider blieb das Angebot mangels Masse exklusiv.

*

Mit Fortschreiten des Sommers wurde aus der Menge allmählich eine schiere Masse, und Kathrin kam sich alsbald vor wie *Goethes* Zauberlehrling. Und als sie insgeheim hoffte, der Zenit müsste doch in baldiger Zukunft überschritten sein, ging die Hauptsaison erst so richtig los.

Kathrin spürte es am deutlichsten an ihren Armen, wie das Prinzip *Geben und Nehmen* seine sichtbaren Zeichen in Form von Kratzern und Schrammen hinterließ. Für diejenigen Brombeeren, die lieber mit einer Faser oder einem Fetzen aus ihrer Bluse zufrieden waren, trug sie eine weite verwaschene Tunika, die später zu nichts mehr zu gebrauchen sein würde. Und weil *La Grande Dame* ganz auf Kathrins Haare fixiert war, schnitt diese vorher selber eine Strähne an unauffälliger Stelle ab und steckte sie jeweils vor den Besuchen unter den Sonnenhut und hoffte, die kleine Schwindelei bliebe unbemerkt. Es schien Kathrin aber so, als würde die Königin sich köstlich über sie amüsieren.

*

Gegen Ende August, an einem Markt-Samstag, betreute Kathrin den Verkaufsstand alleine. Magda war wegen eines Unwohlseins zu Hause geblieben. „Mir ist ein bisschen schummrig", hatte sie gesagt. „Aber du kennst ja inzwischen das Geschäft."

Ausgerechnet an diesem Tag brummte der Laden. Kathrin hätte gerne vier Augen und vier Hände gehabt, um alle Kunden der Reihe nach bedienen zu können. Da konnte sie es überhaupt nicht gebrauchen, dass ein blöder Kerl vor ihrem Stand herumlümmelte und sie mit anzüglichen Bemerkungen nervte. Nicht nur anzügliche, sondern auch anstößige. *„Königinnen-Brombeeren? Wie kommt das denn zustande? Hast du da drübergebrunzt, oder wie? Hähä."*

Als es eine Weile in dieser unflätigen Art weiterging und keiner ihrer Kunden sich darüber mokierte, bat Kathrin ihren Standnachbarn um Hilfe. Der Gemüsehändler stellte den Idioten zur Rede und drohte lautstark mit der Polizei. Daraufhin stolzierte der Kerl mit ausgestrecktem Mittelfinger davon.

Währenddessen hatte Kathrin nicht bemerkt, dass ein kleines Mädchen eine der Pappschalen vom Tisch genommen hatte und in der Menschenmenge untergetaucht war. Jedenfalls stand ein oder zwei Minuten später eine junge Frau mit einem blonden Mädchen und mit einer Schale Brombeeren vor Kathrin, um zu bezahlen.

„Es tut mir leid. Ich möchte mich entschuldigen. Meine Tochter hat die Brombeeren einfach mitgenommen. Sie liebt Brombeeren über alles. Dabei hat sie gar kein Geld“, sagte die Frau. Kathrin schätzte sie etwa gleich alt wie sie selbst. Die Frau machte auf sie einen sehr sympathischen Eindruck.

„Oh, Sie brauchen sich nicht zu entschuldigen“, antwortete Kathrin, „ich habe Ihrer Tochter die Beeren geschenkt. Stimmt´s, meine Kleine?“ Sie nickte dem Mädchen kumpelhaft zu. Und das Mädchen nickte mit großen Augen zurück.

„Wie heißt du?“, fragte Kathrin.

„Elena“, antwortete das Mädchen schüchtern.

„Okay, Elena, ich heiße Kathrin. Weißt du was? Immer, wenn du samstags bei mir vorbeikommst, kriegst du eine Schale Brombeeren geschenkt. Was meinst du? Kriegen wir das hin?“

Elenas Lächeln wog im Nu alle gehabten Unverschämtheiten auf.

Kathrin streckte ihr die Hand hin. „Schlag´ ein, dann gilt´s“, forderte sie das Mädchen auf, das seine Mutter fragend anschaute. Als die mit ihren Augenlidern zustimmte, reichte Elena ihre Hand.

„Das ist riesig nett von Ihnen", sagte die Mutter. „Ich heiße übrigens Gisela. Kurzform Gil. Du bist noch nicht so lange hier, gell? Ich meine, letztes Jahr warst du nicht auf dem Markt."

Kathrin zog zwischendurch Geld von einer Kundin ein, die zwei Gläser Marmelade bezahlte. „Stimmt. Letztes Jahr war ich noch in *Costa Rica*. Der Stand gehört meiner Tante. Das heißt: Sie und ich machen das jetzt gemeinsam. Leider ist sie heute verhindert. Irgendwas Gesundheitliches."

„Oh, ich kenne sie. Magda, nicht wahr? Richte ihr bitte meine besten Genesungswünsche aus. Dann sehen wir uns demnach also öfter?"

„Ja, sicher", antwortete Kathrin freiweg. „Wenn du magst, dann besuche uns doch mal. Mit Elena natürlich. Dann zeig´ ich euch, wo die Brombeeren herkommen und wie wir Marmelade herstellen." An Elena gerichtet raunte sie: „Wir haben sogar eine Königin bei den Brombeeren, mit der man sprechen kann."

An Elenas Gesicht war abzulesen, dass sie daran zweifelte. Aber der Wunderfitz war geweckt.

Magda ging es nicht so gut. Als Kathrin vom Markt nach Hause kam, fand sie sie dösend auf dem Balkon.

„Tantchen, hallo, bist du okay?"

Magda winkte müde mit der Hand. „Weiß der Teufel, was das heute ist. Das hatte ich ja noch nie. So eine arge Erschöpfung. Bin völlig kraftlos, meine Kleine. Wie war´s bei dir auf dem Markt?"

Kathrin setzte sich neben sie. „Och, ganz gut. Hab´ fast alles verkauft. Da war so ein Arschloch und hat mich übel angepöbelt. Aber der Gemüsebauer neben unserem Stand hat ihm dann gezeigt, wo der Barthel den Most holt. Ach ja, und liebe Grüße von Gisela und Elena. Gute Besserung von ihnen. Sie sagte, sie kennt dich."

Magda strahlte. „Richtig, wir kennen uns. Das ist eine ganz Liebe. Alleinerziehende Mutter. Schön, dass ihr euch bekannt gemacht habt."

„Ich hab´ sie mal zu uns eingeladen. Ist dir das recht?"

„Ob mir das recht ist? Hallo, du bist hier die Chefin. Freilich ist mir das recht. Es freut mich sogar, dass du hier Freundschaften schließt. Und bei Gisela bist du an der richtigen Adresse. Wenn ich jünger wäre …" Ein angeflogener Schwindel verhinderte die Fortsetzung des Satzes. Kathrin erfuhr somit nicht, was Magda hatte sagen wollen.

„Tante, kann ich irgendetwas für dich tun? Hast du kalt? Ich bringe dir eine Decke. Und etwas zu trinken. Du musst viel trinken, Tante", sorgte sie sich.

„Nein, aber du kannst bitte die Lehne des Liegestuhls tiefer stellen."

Das war rasch geschehen. Dann sagte Kathrin: „Weiß du was, Tante? Ich räume schnell den Traktor und die restlichen Gläser auf, dann koch´ ich uns was Feines, und heute Abend machen wir es uns vor dem Fernseher gemütlich. Und morgen legst du einen Ruhetag ein und lässt dich von mir pflegen. Okay?"

Magda lächelte dankbar.

Zwei Tage später war Magda wieder fit wie ein Turnschuh. Sie redete und pflückte und kochte, als wäre

sie nie krank gewesen. Niemand freute sich mehr darüber als Kathrin.

*

Es begann die anstrengende Zeit, in der sie mehr Marmelade und Saft produzierten als sie auf dem Wochenmarkt verkaufen konnten. Die Regale im Keller
füllten sich.

„Das ist jedes Jahr so", sagte Magda, die bereits auf
den gewinnträchtigen Weihnachtsmarkt spekulierte.

Kathrin indes beherrschte die Brombeersprache nun
aus dem Effeff, sodass sie kaum noch aufpassen
musste, die Wörter *rchtg* auszusprechen. Mit *La
Grande Dame* unterhielt sie sich wahlweise, oder auf
Wunsch der Königin, dreisprachig. Allerdings hatte
sie das Gefühl, dass ihr Haarschopf trotz Sonnenhut
wegen der häufigen Spenden allmählich lichter, und
auch ihre Arbeitsbluse mangels Fäden langsam dünn
wurde. Dabei standen zwei intensive Monate noch
bevor.

Es war, um es auf einen Nenner zu bringen, ein Kno-
chenjob. Einzige Lichtblicke in Sachen Erholung waren die Markttage, zu denen auch Magda wieder regelmäßig mitkam.

Tatsächlich holte das Mädchen Elena jeden Samstag die ihr versprochene Schale Brombeeren ab, jedes
Mal in Begleitung ihrer Mutter. Gisela, oder Gil, wie
sie genannt werden wollte, nutzte die Treffen gerne,
um mit Kathrin zu plaudern. So entstand zwischen
den jungen Frauen peu à peu eine innige

Freundschaft, sodass Kathrin die Markttage schon allein wegen ihr und Elena herbeisehnte. Magda blieb das nicht unbemerkt, und sie begrüßte die Entwicklung aus ganzem Herzen.

Wermutstropfen: Leider tauchte fast ebenso regelmäßig der pöbelnde Stoffel auf. Zwar wagte er es nicht mehr, sich vor ihrem Stand aufzuhalten, aber er sorgte dennoch dafür, dass er gesehen wurde, um dann seine wüsten Kommentare abzugeben. Eine Steigerung: Seit Gil sich mit Kathrin unterhielt, trat er neuerdings in Begleitung eines anderen Kerls von gleichem Kaliber auf. Der Höhepunkt: Gil kannte den zweiten, es handelte sich um ihren Ex, wie sie Kathrin verriet.

„Ist er Elenas Vater?"

„Pfff, nein, Gott bewahre. Wir hatten nur eine kurze Beziehung, bis ich bemerkte, was für ein Idiot er war. Ich war … ich war …"

„Du musst mir gar nichts erzählen, Gil. Musst du nicht. Geht mich auch nichts an."

„Will aber", beharrte Gil. „Elenas Vater ist bei einem Motorradunfall ums Leben gekommen. Danach war ich eine Zeit lang etwas neben der Spur und hab´ übereilt eine neue Beziehung gesucht. War ein Griff ins Klo, wie du siehst. Sorry, dass er dich jetzt auch auf dem Kieker hat."

Aus einem Reflex heraus legte Kathrin ihren Arm um die Freundin. „Hey, du brauchst dich für nichts zu rechtfertigen. Übersehen wir sie einfach, okay?"

Gil nickte. „Danke", sagte sie, „du bist lieb. Nächste Woche kommen wir mal zu dir ins Mühltal. Elena löchert mich schon und redet sogar mit den Brombeeren, die sie von dir bekommt."

Kathrin lachte. „Sicher? Na, dann wird sie eine Überraschung erleben. Zieht auf alle Fälle keine neuen Kleider an. Die wären nämlich hinterher nicht mehr neu."

Ende September.
Es war ein schleichender Prozess. Kathrin fiel es zuerst gar nicht auf, denn Magda war eigentlich wie immer, und außerdem war die Tante eine geschickte Verstellerin. Dass sie müde aussah, war bei der täglichen Schufterei nicht verwunderlich. Aber das war es nicht alleine. Sie bewegte sich langsamer und wand sich nicht mehr so elegant durch die Hecken. Und weil es nun öfter geschah, dass sie sich tiefe Kratzer an den Armen einhandelte, öfter als sie bereit war zu geben, wurde sie mürrischer. Nicht bösartig oder Kathrin gegenüber unfreundlich, aber irgendwie unlustiger. Ihre Miene wirkte angestrengter als gewohnt, und die geliebten Gespräche sowohl zwischen Magda und Kathrin als auch zwischen Magda und den Brombeeren wurden einsilbiger.

Als es nicht mehr zu übersehen war, dass sie litt, sprach Kathrin sie darauf an. „Liebe Tante, ich sehe, dass es dir nicht gut geht. Bitte rede mit mir. Es macht keinen Sinn, dass du dich quälst und deine Gesundheit ruinierst. Schau, ich bin für dich da."

Magda schlug die Augenlider nieder und antwortete mit zitternden Lippen: „Die Brombeeren ... meine Kleine ... die Brombeeren müssen geerntet werden.

Wir sind noch mitten in der Saison. Ich kann nicht einfach aufgeben. Du schaffst das nicht ohne mich."

Kathrin nahm sie bei den Händen. „Sieh´ mich an, Tante. Die Brombeeren können mir gestohlen bleiben. Du bist mir wichtiger als alle Brombeeren auf dieser Welt. Ich will nicht, dass du krank wirst. Und wenn ich der Königin erzähle, wie es dir geht, wird sie es verstehen."

Magda lächelte traurig und erschöpft. „Ich weiß nicht, was es ist, meine Kleine. Vielleicht habe ich alle Kraft dafür verwendet, all die Jahre auf dich zu warten. Und heuer, wo du da bist und ich dich die Kunst mit den Brombeeren gelehrt habe … vielleicht ist meine Aufgabe jetzt beendet und abgeschlossen."

„Aber Tante, wir können noch so viel Zeit miteinander …", Kathrin geriet ein bisschen in Panik, „… wir machen ein paar Tage Pause … übermorgen kommen Gil und Elena … die magst du doch auch … und du musst unbedingt dabei sein, wenn ich ihnen deine Brombeeren zeige …"

„**Unsere** Brombeeren, meine Kleine", korrigierte Magda.

„Also gut, **unsere** Brombeeren … musst du doch dabei sein!", flehte Kathrin.

„Na, na, jetzt tu´ mal nicht so, als würde ich morgen gleich sterben. Ich fühle mich nur so müde. So müde. Weiß nicht, was es ist."

„Warst du jemals bei einem Arzt?"

Magda winkte in ihrer typischen Art ab. „Quacksalber, alle durch die Bank."

In dieser Nacht weinte Kathrin. Sie nahm sich vor, Magda zu einem Arzt zu schleifen, ob sie wollte oder nicht, telefonierte deswegen spätabends mit Gil und bat sie um Rat. Nicht umsonst.

„Wie ich dir erzählt habe, arbeite ich halbtags im Pflegeheim an der Sander. Bring´ sie morgen doch einfach mal her. Wir haben einen guten Allgemeinarzt im Haus. Der soll Magda mal durchchecken.“

„Du bist ein Schatz, meine Liebe“, antwortete Kathrin erleichtert. „Wenn sie nur nicht so widerspenstig wäre, was die Doktoren angeht. Drück´ mir die Daumen, dass sie sich nicht querstellt.“

„Hör´ zu, Kathrin. Wenn alle Stricke reißen, organisiere ich auch einen Hausbesuch für sie.“

„Das wird hoffentlich nicht nötig sein. Vielleicht habe ich ja etwas von ihr geerbt und kann genauso dickköpfig sein wie sie. Okay, meine Liebe. Ich versuch´ noch eine Mütze Schlaf zu ergattern. Entschuldige bitte die späte Störung. Gut´ Nacht, und grüß Elena von mir.“

„Nicht für das. Für dich immer. Gute Nacht, Kathrin.“

Trotz spätsommerlicher Temperaturen hockte Magda dick in Wolle eingepackt auf dem Bock des Einachsers. Sie klagte über Schüttelfrost und Schwindel. Angesichts dieser Symptome war Kathrin resolut geworden und hatte keine Einwände gegen einen Arztbesuch gelten lassen. „Du machst das jetzt, sonst kündige ich dir die Freundschaft“, hatte sie gedroht, fragte sich aber, ob sie der Tante die Fahrt auf dem

Ganzkörper-Cabrio zumuten durfte. *Nicht, dass sie mir unterwegs vom Sitz kippt.*

Doch alles ging soweit gut.

Weniger gut indessen verlief die Untersuchung beim Arzt im Pflegeheim. Nach ausgiebigem Check im Rahmen seiner Möglichkeiten streckte der Mediziner die Waffen. „Verantwortung kann ich nur dahingehend übernehmen, indem ich nicht wage, eine Diagnose zu stellen und Sie deswegen in eine Klinik überweise, Frau Kohler. Ich stoße bei Ihnen an meine Grenzen."

Magdas Blick sprach Bände.

„Sie sollten das nicht auf die leichte Schulter nehmen", legte der Doktor nach. „Im Krankenhaus in Durlangen sind sie gut aufgehoben."

Nur, Magda ging nicht hin.

„Was soll ich dort? Die untersuchen mich bloß auf Herz und Nieren, und nachher finden sie irgendetwas, das mir nicht gefällt, und dann – dann werde ich **wirklich** krank sein. Was passiert? Ich renne von einer Praxis zur nächsten, schlucke Tabletten gegen dies und das, und helfen tut überhaupt nichts. Ich kenn´ das von anderen Frauen in meinem Alter. Und? Sind die glücklich? Pustekuchen! Kommt mir nicht in die Tüte."

Zwingen kann ich sie ja auch nicht, dachte Kathrin und beobachtete Magda weiterhin mit Sorge. Sie nahm der Tante alle Arbeiten ab, die im Haus anfielen, so gut es eben ging.

An dem Tag, an dem Kathrin Gils und Elenas Besuch erwartete, rüstete sich Magda wider alle

Vernunft für die Brombeerernte. Es schien ihr zwar etwas besser zu gehen, und die Tante beteuerte es, drei Finger in die Höh', auf Treu und Glauben, doch Kathrin hegte Zweifel an der plötzlichen Genesung.

„Was argwöhnst du, meine Kleine?", fragte Magda, angestrengt fröhlich, als könne sie in Kathrin hineinschauen.

„Ich weiß nicht, Tante, ob es eine gute Idee von dir ist, mir etwas beweisen zu wollen. Mir musst du nichts beweisen."

„Diesmal geht es nicht um dich, Kathrin. Ich will **mir** etwas beweisen. Nämlich dass ich es noch kann. Verstehst du das? Dass ich noch arbeiten und etwas leisten kann."

„Aber warum denn? Gil und Elena kommen nachher. Die helfen dann beim Pflücken. Mach' du doch zumindest heute eine Pause. Wenn wir noch Kaffee trinken und Kuchen essen wollen, wird sowieso nicht viel geerntet werden." Kathrin stiegen Tränen in den Augen.

„Eben drum", erwiderte Magda mit verbiesterter Miene. „Ich kann nicht einfach so auf der faulen Haut liegen."

Jetzt reichte es Kathrin. Diesen Wink mit dem Zaunpfahl hatte sie wohl verstanden. „Du, Magda, wenn es dir zu wenig ist, was ich arbeite, dann sag' es mir frank und frei ins Gesicht. Aber diese verkappten Kritiken kannst du dir schenken!" Sprach's, und verließ mit knallender Tür das Wohnzimmer.

Der Wumms war noch nicht verhallt, als der Zorn eine zweite Welle durch ihren Körper jagte, sie auf dem Absatz kehrtmachte und erneut in das Zimmer platzte. „Mal pfeifst du mich an, weil ich mit einer Frau tanze; andererseits freust du dich darüber, dass ich mit Gil Freundschaft geschlossen habe, und dann ist es dir wiederum nicht recht, wenn ich gerade mit ihr einen vielleicht lockereren Tag verbringen möchte. Was daran passt dir nicht in den Kram. Woran bin ich eigentlich mit dir?"

Kathrin starrte ihr einige Sekunden direkt ins Gesicht und wartete auf ein Anzeichen einer Regung. Aber Magdas Miene blieb versteinert, worauf Kathrin, diesmal ohne Knall, das Zimmer verließ.

Etwa eine halbe Stunde später kamen Gil und Elena auf ihren Fahrrädern angestrampelt. Kathrin erwartete sie auf der Haustreppe sitzend. Noch immer schwebte der Groll wie eine graue Gewitterwolke über ihrem Kopf.

„Hoppla, wie siehst du denn aus?", fragte Gil. „Grüß' dich, meine Liebe. Ist etwas passiert?"

Kathrin versuchte sich an einem unbeschwerten Lächeln, das nicht so recht gelingen wollte. „Knatsch mit Magda", antwortete sie knapp. „Schön, dass ihr gekommen seid. Hallo Gil, hallo Elena, mein Schatz."

„Kommen wir ungelegen? Sollen wir lieber wieder fahren?"

„Nein, nein, es liegt ja nicht an euch. Stellt die Fahrräder ab und kommt mit rein."

Während Elena die Treppe emporhüpfte, hielt Gil die Freundin am Arm zurück. „Sag' ehrlich, Kathrin. Hängt bei euch der Haussegen schief?"

„Kann man so sagen", flüsterte Kathrin. „Aber mehr dazu später. Lass´ uns erst mal Kuchen essen, okay?"

Gil nickte. „Okay. Vielleicht kriegt Elena es fertig, Magda etwas aufzuheitern."

Aber Magda war nicht anzutreffen. Als sie das Wohnzimmer betraten, war es leer. Kathrin dachte, dass Magda sich auf ihr Zimmer begeben hatte, und fühlte sich für den Moment eigenartigerweise erleichtert. Bald war der Tisch auf dem Balkon gedeckt. Die Frauen tranken Kaffee, Elena einen heißen Kakao. Dazu, wie könnte es anders sein, gab es Brombeerkuchen.

„Das ist ein herrlicher Platz", schwärmte Gil. „So etwas bräuchten wir auch, gell Elena?"

„Hmm", mampfte sie mit vollem Mund, während sie sich am Geländer vergnügte und Schmetterlinge beobachtete, die sich auf den Steinen am Bach niederließen und den Durst zu stillen schienen. „Vier, fünf", zählte sie. „Noch einer. Sechs."

Gil und Kathrin sprachen leise über Magda. Wie es nach Jahren dazu gekommen war, dass Kathrin jetzt bei ihr wohnte; über ihre Freude, endlich das Versprechen eingelöst zu haben und wieder eine Familie zu sein; über die merkwürdige Sache mit den Brombeeren, und über ihr befremdliches Verhalten und Stimmungsschwankungen.

„Aber sie macht doch einen unkomplizierten Eindruck. Freundlich, weltoffen und tolerant", sagte Gil.

„Ich versteh´ es auch nicht richtig. Ich dachte schon an eine Art Eifersucht. Dass sie mich ganz für sich haben will. Oder weil ich jünger bin als sie und sie alles mit mir teilen muss. Dabei hat sie mich als Erbin für Haus, Hof und Vermögen eingesetzt. Vielleicht kann sie jetzt nicht loslassen. Will die Kontrolle nicht verlieren.

Als sie neulich den Schwächeanfall hatte, redete sie vom Verlust ihrer Kraft und Energie und dass sie ausgebrannt sei, à la: Sie hat ihre Schuldigkeit getan und kann jetzt gehen."

Ein Windhauch säuselte über den Balkon, begleitet von einem atmosphärischen Wispern, das Kathrins Aufmerksamkeit weckte.

„Warte mal kurz", sagte sie zu Gil, stand auf und stapfte mit einem dumpfen Gefühl im Magen die Stiege in den ersten Stock hinauf. Leise klopfte sie an Magdas Zimmertür, erhielt jedoch keine Antwort. Als sich auch nach dem zweiten Klopfen nichts rührte, öffnete sie die Tür und betrat Magdas Zimmer. Aber die Tante war nicht da.

Seltsam. Sie wird doch nicht …

Rasch eilte sie auf den Balkon zurück. Gil blickte sie fragend an.

„Magda ist weg. Hilfst du mir sie suchen?"

Magda blieb nach Kathrins Auftritt einige Sekunden wie gelähmt im Wohnzimmer sitzen. Im Grunde begriff sie nicht, was geschehen war. War sie wirklich eine so engstirnige Frau? Was hatte sie denn gesagt, dass Kathrin derart ausrasten musste? Es war doch bloß eine allgemeine Floskel gewesen, so wie es eine Redewendung unter Hunderten war. *Auf der faulen Haut liegen.* Kennt man doch. Ist doch nichts dabei.

Als sie in Betracht zog, dass Kathrin das auf sich gemünzt sehen könnte, schämte sie sich.

Was allerdings stimmte, war, dass Magda nicht länger imstande war, ihren eigenen Ansprüchen zu folgen. Sie spürte von Tag zu Tag stärker, wie die Kraft sie verließ. Und sie hatte Angst davor, das zugeben zu müssen. Dabei war sie durchaus bereit, kürzer zu treten. Irgendwann halt. Aber doch nicht heute. Nicht in diesem Jahr. Es musste, verflixt nochmal, doch noch einmal gehen. Und wenn Kathrin das Geschäft dann beherrschte und alleine wirtschaften konnte – ihretwegen, also Magdas wegen, auch mit ihrer neuen Freundin – dann …
Aber nicht jetzt.

Das Herz tat einen Rumpler. Die neue Freundin. Magda seufzte. Gewiss, die Vorstellung, dass Kathrin sich in eine andere Richtung orientierte, schmerzte. Nicht, dass sie es ihr nicht gönnen würde, nein, nein. So war Magda nicht. Doch nicht mehr die erste Geige zu spielen – ja, das tat ein bisschen weh.

Was hinderte sie eigentlich daran, einfach zu den Mädels nach draußen auf den Balkon zu gehen und mit ihnen zu plaudern? Wäre das nicht das normalste auf der Welt? Hallo? Sie erkannte, dass die Fragestellung falsch war. Nicht **was** hinderte sie daran, sondern **wer.** Als sie kapierte, dass sie selbst es war, stand sie entschlossen auf, schlüpfte in die Arbeitshose, nahm das Pflückgeschirr aus der Scheune und stieg den Hang hinauf. Die Brombeeren warteten.

Sie hatten Elena im Haus zurückgelassen, weil sie nicht wussten, was sie bei der Suche erwarten würde.

Gil und Kathrin näherten sich dem Brombeerfeld. Das Wispern und stimmlose Seufzen in der Luft wurde stärker. Kathrin ahnte nichts Gutes.

„Was ist das?", fragte Gil nervös. „Es ist doch windstill."

„Später", verschob Kathrin die Antwort.

Sie fanden Magda langgestreckt beim Durchschlupf in die Brombeerhecken, die Beine auf der Wiese, der Oberkörper in den Dornen.

Gil, ausgebildete Altenpflegerin, war schnell bei ihr und fühlte den Puls. „Gütiger Himmel, ihr Gesicht, Arme und Oberkörper sind schlimm zerkratzt, aber gottseidank, sie lebt", sagte sie. „Ruf́ den Rettungswagen."

Die Sanitäter transportierten Magda mit einer Trage zum Ambulanzwagen, der vor dem Haus stand. Gil lief nebenher und hielt die Infusionsflasche mit einer Kochsalzlösung hoch. Magdas Augen waren geöffnet und sie atmete selbstständig, gab ansonsten aber keine Lebenszeichen von sich.

„Wo bringen Sie sie hin", fragte Kathrin.

„In die Klinik nach Durlangen", antwortete einer der Sanitäter.

„Kann ich mitfahren? Muss nur noch meine Tasche aus dem Haus holen."

Der Sanitäter nickte. „Aber beeilen Sie sich."

Das war vor zwei Stunden gewesen. Und seit eindreiviertel Stunden hockte Kathrin auf einem gepolsterten Klappstuhl im Flur der Notaufnahme.

Zwischenzeitlich hatte Gil, die mit Elena im Haus im Mühltal geblieben war, auf dem Handy angerufen und sich nach Magda erkundigt.

„Ich weiß noch nichts", hatte Kathrin geantwortet.

„Ich warte auf dich", hatte die Freundin gesagt, „egal, wie lange es dauert."

„Danke, Gil, das ist lieb. Ich glaub´, ich brauch´ dich jetzt."

„Bin da, hörst du? Bin da."

Türen öffneten und schlossen sich; eilige Schritte huschten über den Flur; Telefone klingelten; Menschen mit besorgten Mienen gingen an Kathrin vorbei; keiner, der sie ansah. Kathrin fühlte sich unsichtbar.

Sie getraute sich nicht, auf die Toilette zu gehen, um den Moment nicht zu verpassen, in dem man ihr die Nachricht zu Magdas Befinden mitteilen wollte. Denn das würden sie doch, oder? Ihr sagen, wie es der Tante ging. Sie war ihre nächste Angehörige und versuchte, die Wartezeit positiv zu deuten: *Es dauert so lange, weil sie um ihr Leben kämpfen*, dachte sie. *Je länger sie kämpfen, desto länger lebt sie. Wäre sie tot, hätte man mir das schon gesagt. Liebe Tante, ich warte Tage, Monate und Jahre hier auf dem Flur, wenn du nur lebst.*

Sie erhob sich automatisch vom Stuhl, als die Frau in Blau direkt auf sie zusteuerte. *Doktor Kornfeld* las Kathrin vom Namensschild ab.

„Sie sind die Angehörige von Frau Kohler? Frau …?"

„Ja, sie ist meine Tante. Mein Name ist Kathrin Wichmann. Wie geht es ihr?"

Die Ärztin seufzte. „Ihre Tante hatte leider eine schwere Hirnblutung. Wir mussten ihren Schädelknochen aufbohren, um den Druck zu reduzieren. Sie ist noch nicht bei Bewusstsein. Ob und welche Schäden sie davontragen wird, können wir im Augenblick noch nicht sagen."

Kathrin spürte die Nachricht wie eine Ohrfeige. *Hirnblutung?* „Kann … kann … ich sie sehen?"

Die Entscheidung schien der Ärztin schwer zu fallen. „Gut, eine Minute. Höchstens. Sie braucht jetzt unbedingte Ruhe. Kommen Sie morgen wieder, Frau Wichmann. Dann können wir Ihnen vielleicht mehr sagen."

„Was … Entschuldigung. Kann ich etwas für sie tun? Braucht sie etwas? Wäsche, Kamm, Zahnbürste, oder …"

„Bringen Sie ihren Medikamentenplan mit und die Versichertenkarte. Mehr ist vorerst nicht notwendig. Gell, eine Minute."

Kathrin betrat das Patientenzimmer mit weichen Knien. Da nur ein Bett belegt war, musste es sich bei der Person um Magda handeln. Als diese erkennbar war sie allerdings nicht. Der Kopf war dick bandagiert. Aus dem Verband ragte ein dünner Schlauch, der in einem Kunststoffbeutel mit einer trüben Flüssigkeit endete. Ein weiterer Schlauch führte von einer aufgehängten Kunststoffflasche in ihre Armvene, ein Sauerstoffschlauch zu ihrer Nase. Auf einem ihrer Finger klemmte ein Kabel, das mit den medizinischen

Geräten verbunden war. Ein Bildschirm zeichnete Magdas Puls nach, gleich- und regelmäßig. Die Bettdecke, unter der ihr Körper lag, zeigte kaum eine Erhebung, als wäre sie gar nicht anwesend oder in der Matratze versunken.

Eine Minute bewusst den Atem anhalten ist nicht leicht. Aber Kathrin gelang es ohne es zu wollen. Die Minute, die ihr gegönnt war, um die Tante sehen zu dürfen.

Draußen auf dem Flur nahm sie das Handy und wählte Gils Nummer. Schon nach dem ersten Freizeichen nahm sie ab. „Ich komme heim, Gil", sagte sie. „Ich nehm´ ein Taxi."

„Ja", antwortete Gil.

Gil nahm sie mitfühlend in die Arme und war sensibel genug, Kathrin nicht gleich mit Fragen zu bombardieren.

„Danke, dass du gewartet hast", begann Kathrin dann nach einer Weile. „ Magda hatte eine Hirnblutung. Ich konnte sie nur kurz sehen. Sie war … ach, Gott … sie ist so winzig. Wie soll ihr kleiner Körper das verkraften? Morgen erfahre ich vielleicht etwas mehr. Man weiß aktuell nicht, ob sie Schäden davontragen wird."

„Oh, das ist arg", antwortete Gil. „Es kommt darauf an, welche Areale im Hirn betroffen sind. Haben sie den Kopf geöffnet?"

Kathrin nickte. „Ja, um den Druck abzubauen. Sie trägt eine Drainage. Gil, darf ich dich um etwas bitten?"

„Alles was du willst."

Kathrin atmete tief durch. „Kannst du heute Nacht eventuell bei mir bleiben? Sorry, ich …"

Gil ergriff Kathrins Arme. „Ich wollte dir das sowieso anbieten. Selbstverständlich bleibe ich bei dir."

„Und Elena?"

„Die auch." Gil lächelte. „Einen Tag ohne Schule wird sie schon überstehen."

„Okay. Wir beziehen Magdas Bett frisch, dann könnt ihr in Magdas Zimmer schlafen. Es gibt eine Verbindungstür zwischen ihrem und meinem Zimmer, verstehst du? Wenn dir das recht ist."

„Natürlich ist mir das recht."

„Es tut mir so leid, dass euer Besuch nicht…"

„Alles ist gut, Kathrin."

*

Nichts war gut. Mit Magda. Besser, aber nicht gut.

Gut war anders.

Vier Wochen nach der diagnostizierten Hirnblutung lag sie immer noch im Krankenhaus in Durlangen.

Sie war mittlerweile zwar bei Bewusstsein, konnte aus eigener Kraft jedoch weder Beine noch Arme bewegen, was eine intensive Betreuung durch einen Physiotherapeuten bedeutete. Das einzige, das funktionierte, war, dass sie feste Nahrung zu sich nehmen konnte, wenn man einen Speisebrei als solche bezeichnen mochte. Eine Verständigung mit ihr war kompliziert. Sie hörte alles, vermochte sich aber nur über Stöhnlaute oder leichte Kopfbewegungen zu äußern. Ein Trauerspiel.

In wenigen Tagen würde der Oktober vorüber sein. Kathrin hatte sich, da sie Magda täglich besuchte, ein Monatsabonnement für die Bahn gekauft. Da eine Unterhaltung mit Magda nicht möglich war, las sie ihr meistens aus einem Buch vor oder zeigte ihr Bilder aus den einschlägigen Illustrierten der Regenbogenpresse.

Oft, überwiegend nachmittags, wurde sie von Gil begleitet, die wegen Elena regelmäßig in Frühschicht arbeitete. Dann sprang eine Nachbarin ein, die Elena aus der Schule abholte und sie bis Gils Rückkehr bei sich daheim betreute.

Kathrin war in dieser Ausnahmesituation seit Ende September nicht ein einziges Mal bei den Brombeeren gewesen. Ihr war klar, dass die Früchte am Strauch verfaulten und abfielen, aber so war es nun mal. Was sie bis dahin, noch mit Magda zusammen, an Beeren gepflückt und verarbeitet hatten, war an schierer Menge ohnehin mehr, als Magda es die Jahre zuvor allein geschafft hatte. Von daher gesehen war die Ausbeute so schlecht nicht.

Am Ende war es Elena, die Kathrin an das Versprechen erinnerte, mit ihr ins Brombeerfeld zu gehen und der Brombeerkönigin die Aufwartung zu machen. Am letzten Samstag des Oktobers nahm sich Kathrin die Zeit für das Mädchen. Sie, Elena und Gil, waren wieder mit den Fahrrädern gekommen, und kurz vor Mittag stiegen sie den Hang empor. Das Gras der Wiese lag bereits struppig und braun flach auf dem Boden.

An der Stelle, wo Magda bewusstlos zusammengebrochen war, half Kathrin ihr über die vordersten

Ranken hinweg. Elena fragte: „Ist das der Wind, der flüstert?"

„Nein, Elena, das sind die Brombeeren. Bleib´ mal still und versuche zu verstehen, was sie sagen."

Elena lauschte: „Aber sie sagen ja nichts."

„Doch, doch. Sprich´ mal nach, was du hörst", sagte Kathrin.

„Also ich höre: *Z spt, z spt, nsr Frcht snd ncht mhr gt.*"

„Prima, du kannst es richtig hören. Ich übersetze es für dich: *Zu spät, zu spät, unsere Früchte sind nicht mehr gut.*"

„Wie kannst du es bloß verstehen, Kathrin, es ist ja nur ein Geflüster?"

„Wenn wir nachher wieder im Haus sind, verrate ich dir das Geheimnis. Wenn man das kennt, kann jeder die Brombeeren verstehen."

„Und die Brombeerkönigin spricht genauso?"

„Ja, das muss sie, weil sie sich sonst mit den anderen Brombeeren nicht verständigen könnte. Aber mit ihr kann man auch ganz normal reden. Komm´ mit, ich bring´ dich jetzt zu ihr. Du musst ihr allerdings etwas geben. Ein Haar oder ein Stück Stoff."

„Hihihi, das ist lustig", kicherte Elena aufgeregt.

Kathrin lotste das Mädchen sicher über die verschlungenen Pfade ins Zentrum des Brombeerfeldes, wo die Brombeerkönigin residierte. Elena stellte sich sehr geschickt an, und bald stand sie vor der prächtigsten Hecke, die sie je gesehen hatte.

„Das ist sie", flüsterte Kathrin. „Ist sie nicht enorm groß?"

„Ja, das ist sie", staunte Elena.

„*Sprecht ihr etwa über mich?*", fragte da die Königin. „*Ist das etwa eine neue Pflückerin?*"

Kathrin gab Elena einen Stubs. „Sag´ etwas zu ihr." Elena stand vor Überraschung der Mund offen. Dann berappelte sie sich: „*Nein, ich bin Elena und gehe in die zweite Klasse.*"

„*Ach so. Und weshalb seid ihr so spät hier? Warum seid ihr so lange nicht hier gewesen? Die allermeisten Früchte sind schlecht geworden. Welche Verschwendung!*"

Elena wusste darauf keine Antwort. Sie hatte großen Respekt vor der Königin. Kathrin antwortete für sie: „*Entschuldigen Sie, aber es ist wegen Magda. Sie ist ...*"

„*Ich weiß, was mit Magda ist*", wurde sie von *La Grande Dame* unterbrochen. „*Ihr hättet viel früher zu mir kommen sollen. Jetzt ist es für Hilfe fast zu spät.*"

„*Wie meinen Sie das mit der Hilfe?*", fragte Kathrin.

„*Dacht´ ich mir´s doch. Hat keine Ahnung, die junge Frau*", schnaufte die Königin. „*Ich bin unter anderem deswegen eine Königin, weil ich über gewisse Kräfte verfüge. Aber man muss rechtzeitig zu mir kommen. Jetzt ist es fast zu spät.*"

Kathrin wurde hellhörig. „*Fast?*"

„*Ja, merde alors, fast. Lass´ mich ein paar Minuten überlegen.*" Die paar Minuten verstrichen in völliger Lautlosigkeit. Elena traute sich kaum zu atmen. Dann schüttelte sich der gewaltige Busch, dass es raschelte, und die Stimme der Königin beendete das Schweigen. „*Hört zu! Kommt morgen um dieselbe Zeit wieder her. Pünktlich. Ich werde schauen, dass ich noch einige besondere Beeren für Magda produzieren kann. Aber es ist so spät im Jahr, ach, so spät. Warum seid ihr nicht früher gekommen? Papperlapapp, es ist wie es ist. Morgen! Dieselbe Zeit! Hier! Und für heute hätte ich gerne ein paar blonde Haare von der kleinen Elena. Danke, ihr dürft jetzt gehen.*

Elena spürte ein Zupfen im Haar und sah kurz darauf ein paar ihrer Haare in den Busch hineinfliegen.

„Na, wie war´s bei der Brombeerkönigin?", fragte Elenas Mutter, die im Haus geblieben war.

„Das glaubst du nicht, Mama. Kathrin will mir die Flüstersprache der Brombeeren beibringen. Nachsprechen kann ich sie schon, aber noch nicht übersetzen. Gell, Kathrin?"

Kathrin lächelte und nickte. „Morgen müssen wir wieder hin, Gil. Die Königin sagte, dass sie Magda vielleicht helfen kann. Mit besonderen Beeren, die sie über Nacht produzieren will. Hältst du das für denkbar, oder ist das Hokuspokus?"

„Davon habe ich noch nie gehört, und im Pflegeberuf kriegt man ja so manches mit. Aber da sonst nichts zu helfen scheint – schaden können ein paar Brombeeren auf jeden Fall nicht. Warum also nicht probieren?"

Elena und Gil blieben über Nacht. Sie mochten das gemütliche alte Haus. Es hatte, im Gegensatz zu ihrer Wohnung im Dorf, Charakter. Die Holzdielen knarrten bei jedem Schritt, ebenso wie einzelne Stufen der Treppe in den ersten Stock. Elena sah das praktisch und meinte: „So weiß man immer, wo im Haus jemand ist."

Geheizt wurde mit einem dunkelgrünen Kachelofen, dessen Stauwärme unter der Wohnzimmerdecke über ein ausgeklügeltes Klappensystem in die oberen Räume geleitet werden konnte.

Aus der Konsonantensprache der Brombeeren machten sie ein Spiel. Eine überlegte sich einen Satz und sprach ihn vor, und die anderen mussten ihn in Normalsprache übersetzen. Als Elena später im Bett lag, sagte Gil zu Kathrin: „Sie hat noch nie so viel gelacht wie heute Abend. Ich glaube, sie war noch nie so glücklich. Ihr gefällt es hier."

„Und dir? Gefällt es dir auch?", fragte Kathrin freimütig, vielleicht zu freimütig für ihr Verständnis, weil sie im Nachhinein meinte, solch eine Frage gehöre sich nicht. Sie biss sich aus Scham auf die Unterlippe, aber die Worte waren bereits in Gils Ohren angelangt und nicht mehr einzufangen. Darum legte sie nach: „Entschuldige, Gil, das war jetzt blöd von mir. Vergiss´ es einfach, okay?"

„Nein, nein, Kathrin, die Frage ist berechtigt. Ja, ich fühle mich auch wohl hier. Nicht nur, weil Elena gerne hier ist. Irgendwie passt hier alles zusammen. Es ist wie ein Traumbild. Wie man sich immer gewünscht hat, zu leben."

Kathrin spürte, wie ihr Herz schneller schlug. Unauffällig legte sie einen Finger an ihr Handgelenk, wo sie den beschleunigten Puls ertastete. Was war das hier? Was sollte das werden? Zündelten sie bloß an einem Feuer, oder planten sie womöglich schon eine neue Baustelle und baggerten gerade die Löcher für die Fundamente aus?

Es geschah, als sei sie ferngesteuert. Sie legte eine Hand auf den Tisch und schob sie Zentimeter für Zentimeter Richtung Mitte, ohne Gil, die gegenübersaß, dabei anzusehen. Kathrins Gedanken rasten im Karussell. *Entweder ich mache mich total lächerlich, oder … oder …*

Die Hand stieß auf einen Widerstand. Kathrin hob den Blick. Da waren Gils Finger. Gils Hand auf ihrer Hand. Die Finger zweier Hände, die sich ineinander verschränkten. Gils Augen. Vorsichtig. Ängstlich? Nein, unsicher. Aber hoffend. Zustimmend. Und lächelnd.

„Gil?", wagte Kathrin zu fragen.

Sie nickte leise.

„Gil?"

„Ja, Kathrin."

Elena besaß eine feine Nase für Veränderungen. Sie spürte, dass mit Mama und Kathrin etwas anders war als gestern. Sie sahen sich anders an. Länger. Und näher. Manchmal taten sie so, als würden sie gar nicht schauen, schauten aber doch, und wenn sie dabei ertappt wurden, grinsten sie bescheuert. Und sie berührten sich des Öfteren absichtlich unabsichtlich. Mama strahlte, als hätte sie ein Hundert-Watt-Birne verschluckt. Sie summte leise. Sie war eine summende Hundert-Watt-Birne. Elena grinste bei dem Vergleich und musste ihn sofort loswerden.

„Du bist eine summende Hundert-Watt-Birne, Mama."

Gil prustete: „Was bin ich? Wo hast du denn den Ausdruck her, du Frechdachs?"

„Von Paul aus meiner Klasse. Sein Papa ist Elektriker."

„Na, dann muss er es ja wissen, der Paul, oder?"

Elena kicherte. „Du bist schön, wenn du so bist wie jetzt."

„Aha, und vorher war ich nicht schön?"

„Doch, aber anders."

Während Gil nach außen strahlte, sodass es ihrer Tochter nicht verborgen blieb, leuchtete Kathrins Feuer eher nach innen. Die Erkenntnis, dass sie mit ihrer Freundin nun in eine ganz entscheidende Lebensphase trat, ließ in ihr eine Saite erklingen, die Bauch und Brust in warme weiche Schwingungen versetzte. Ein Ton, der in ihrer Sehnsucht nach Vertrauen und Liebe beheimatet gewesen war, und, durch welche Mächte auch immer, in der heutigen Nacht geweckt wurde.

Mit der plötzlichen Gewissheit, dass zwischen Gil und ihr eine Liebe und eine gemeinsame Zukunft entstehen konnte, hatte sie zu dieser Zeit nicht gerechnet. Im Grunde waren ihre Auffassungen sowohl von zwischenmenschlichen Beziehungen allgemein, als auch vom Familienbild, bis dato konservativ gewesen. Umso überwältigender schlug die Vorstellung bei ihr ein, mit einer Frau glücklich zu sein. Es überraschte sie selbst, mit welch geradezu unerschütterlicher Gelassenheit sie das Glück in ihrem Herzen Einzug halten ließ, und wie selbstverständlich ihr das schien.

Es blieb nicht aus, dass Elena auch Kathrin musterte und ins Visier nahm. „Wie viel Watt hast du in der Birne, Kathrin?"

„Also sag´ mal, Elena, geht´s noch?", rief Gil die Tochter zur Räson.

„Lass´ nur, Gil", besänftigte Kathrin die Freundin. „Ich erklär´s ihr. Elena, ich hab´ gar keine Birne, sondern eine Batterie. Und zwar eine Hundert-Watt-Batterie. Die wärmt von innen. Fass´ mal meine Hände an. Sie sind ganz warm." Sie streckte dem Mädchen die Hände entgegen.

Elena zweifelte. „Na, ob das stimmt? Da muss ich erst Paul fragen, ob es so eine Batterie überhaupt gibt."

„Das kannst du gerne machen, Süße. Und? Sind sie warm, die Hände?"

Elena nickte. „Aber Paul frag´ ich trotzdem."

Gil war diesmal mit von der Partie beim Besuch der Brombeerkönigin. Sie schafften es tatsächlich, pünktlich dort zu sein, obwohl sie nicht wirklich glaubten, dass *La Grande Dame* die genaue Tageszeit wusste. Gil, bei Weitem nicht so gelenkig wie Elena, und erst recht nicht so erfahren wie Kathrin, handelte sich beim Balancieren durch das Labyrinth der Hecken so manchen blutigen Kratzer ein. Elena lachte sie aus.

Die Königin wirkte an diesem Sonntag, es war gleichzeitig der kirchliche Feiertag Allerheiligen, sehr erschöpft. Sogar die kräftigsten Ranken hingen matt auf den Boden. Ihr Stimme klang geschwächt.

„*Ich nehme an*", sagte sie um Höflichkeit bemüht, „*dass es sich bei der neuen Besucherin um die Mutter der kleinen Elena handelt, n´est-ce pas?*"

„*Ja*", bestätigte Kathrin, „*es ist ihre Mutter.*"

„*Na schön. Herzlich willkommen. Aber zur Sache. Es hat mich große Anstrengung gekostet, für die kranke Magda ein paar Extra-Früchte zu produzieren. Viele sind es nicht geworden. Ich erwähne ein letztes Mal die viel zu spät angeforderte Hilfe. Eine kleine Ranke ist es nur. Zehn Früchte hängen daran. Am besten ist, wenn ihr die kleine Ranke abschneidet. Seid vorsichtig, dass ihr keine der wertvollen Früchte verliert. Gebt Magda jeden Tag eine Frucht zu essen. Dann wird sie hoffentlich wieder gesund werden. Aber ich garantiere nicht dafür. Wie gesagt, es ist leider schon sehr spät ... ach, das hatten wir schon. Bitte geht jetzt. Ich muss ausruhen. Gib mir für meine Mühe einen kleinen Fetzen von deiner Haut. Danke. Und sagt mir Bescheid, ob die Brombeerkur bei Magda Erfolg hatte. Au revoir.*"

„*Au revoir und vielen Dank, und kommen Sie gut über den Winter*", erwiderte Kathrin, doch die Königin antwortete nicht mehr.

Kathrin spürte einen Kratzer an ihrem Arm, der nur ein bisschen blutete. Sie fühlte sich ein bisschen wie abgefertigt worden zu sein, was daran liegen mochte, dass die Brombeerkönigin wirklich müde war. *Sei´s drum*, dachte sie, schnitt die kleine Ranke mit den zehn Extra-Früchten ab und steckte sie in einen Beutel.

„So, meine Lieben, wollen wir heute noch nach Durlangen fahren und Magda die erste Brombeere geben?"

„Au ja, das machen wir", rief Elena. „Vielleicht bekommt Magda auch wieder ein paar Watt auf die Birne."

Noch am gleichen Tag baten sie die Krankenschwester, die Magda das Essen verabreichte, ihr eine der Brombeeren in den Mund zu legen. Und als die Tante die Brombeere zerkaute, zeigte sie eine unmittelbare Reaktion. Ihre Miene hellte nämlich sofort auf und ihre Augen gerieten in Bewegung, als würden sie nach einer Erinnerung suchen, die durch die Krankheit verschütt gegangen war. Und sie rief „Mmm, mhm, mhm", begleitet von einem sichtbaren Beben ihres mageren Körpers.

Elena hätte ihr am liebsten noch eine der Brombeeren auf die Zunge gelegt, oder besser gleich alle, doch Gil erinnerte sie an die Anweisung der Brombeerkönigin. „Jeden Tag eine, Elena. Sonst wirkt der Zauber unter Umständen nicht."

„Aber er wirkt doch, Mama. Schau doch, wie lebendig sie geworden ist."

„Ja, das ist wunderbar, aber trotzdem. Wir machen es ganz nach Vorschrift, okay?"

Elena verdrehte die Augen, bis sie schielte „Okay", maulte sie dann.

*

Es war höchst erstaunlich, welche Fortschritte nach vier Tagen bei Magda festzustellen waren. Sie gierte förmlich nach der Beere, bewegte vor Verlangen Beine und Arme, was in so kurzer Zeit kein Physiotherapeut zustande gebracht hätte. War sie vorher noch in Apathie gelegen, nahm sie jetzt rege und wach an den Vorgängen um sie herum teil. Wobei in dem Einbettzimmer außer den Tätigkeiten der Krankenschwestern und den gelegentlichen Visiten eines Arztes oder einer Ärztin nicht gerade viel geschah. Wenn aber Kathrin zu Besuch kam, zeigte sie echte Freude. Nur mit der Sprache haperte es weiterhin. Magda äußerte ihren Willen mit unverständlichen Lauten, doch Kathrin lernte sie zu deuten.

Nach weiteren drei Tagen kehrten auch die Worte zurück. Magda konnte wieder sprechen, wenn auch schleppend, mit eingeschränktem Wortschatz, und wenn ihr ein bestimmtes Wort nicht einfiel, fing sie vor Wut oder Verzweiflung laut zu stöhnen an. Kathrin meinte, dass dahinter eine latente Aggression steckte, die früher nicht zu Magdas Charakterbild gehört hatte.

Die neunte Brombeere am neunten Tag. Als Kathrin das Patientenzimmer betrat, wurde sie von einem Schwall wüster Beschimpfungen empfangen. Die Krankenschwester, die Magda das Essen reichte, entschuldigte sich für die Ausfälligkeiten der Tante. „Das geht schon seit gestern Abend so", erklärte sie. „Dabei war sie doch auf einem guten Weg."

Kathrin, die neben das Bett ihrer Tante getreten war, registrierte einen seltsamen Glanz in Magdas Augen, eine fiebrige ungeduldige Hektik beim Kauen und

Schlucken, die sogar in Schlägen nach der Löffel führenden Hand gipfelte. Insbesondere fiel ihr eine beinahe bösartige Haltung gegen alles und jeden auf. Kathrin fuhr mit einer verstörenden Beklemmung nach Hause.

Dienstag, zehnter November. Die zehnte und letzte Brombeere. Gil hatte sich bereit erklärt, Kathrin ins Krankenhaus nach Durlangen zu begleiten.

Die Überraschung wartete im Patientenzimmer. Magda hockte, vollständig bekleidet, ihre gepackte Reisetasche neben sich, auf dem Krankenbett und stierte ihnen entgegen. „Na endlich", empfing sie sie kalt, „bringt mich hier raus, ich bin gesund."

Kathrin suchte Augenkontakt mit der Krankenschwester, die auf der anderen Seite des Bettes stand. „Es ist ihr eigener Entschluss", sagte die Schwester händeringend. „Wir können sie nicht gegen ihren Willen hierbehalten."

„Aber Magda", wandte sich Kathrin an die Tante, „du hast noch eine Brombeere zu essen."

„Pfeif′ auf die Brombeere. Ich will hier raus!" Sprach′s, wuchtete die Tasche auf den Gitterkorb eines Rollators, stand auf und schob die Gehhilfe zur Tür. Gil, ganz perplex, öffnete ihr die Tür, und Magda verließ aus eigener Kraft das Zimmer.

Indessen bat Kathrin die Schwester um eine Erklärung: „Was ist nur mit ihr? So kenne ich sie gar nicht. Normalerweise ist sie eine herzensgute Frau."

„Vielleicht ist sie von dem schnellen Genesungsprozess einfach überfordert. Das mit den Brombeeren muss wie ein Turbo auf sie gewirkt haben. So etwas habe ich, ehrlich gesagt, noch nie erlebt. Andere Menschen brauchen Monate, bis sie wieder auf die Beine kommen. Und ich bin froh, um offen zu Ihnen zu sein, dass sie jetzt weg ist. Es war … es war …", sie schüttelte den Kopf, „… bin froh. Ich wünsche Ihnen alles Gute."

Magda sprach im Taxi kein Wort. Sie antwortete nicht auf Fragen. Sie hockte stumm neben Kathrin auf dem Rücksitz und war auch an der vorbeiziehenden Landschaft nicht interessiert.

Im Mühltal angekommen, lehnte sie jede Ausstiegshilfe ab. Auch die Treppe ins Haus bewältigte sie alleine. Kathrin blieb lediglich, ihr die Reisetasche und den Rollator hinterherzutragen.

Nach wenigen Minuten daheim hörten Gil und Kathrin einen Schrei aus dem ersten Stock. Aus Sorge, Magda könnte gestürzt sein, polterten sie nach oben. Doch Magda war nicht gestürzt. Sie war außer sich vor Zorn, dass ihr Zimmer während ihrer Abwesenheit anderweitig belegt worden war. „Schafft mir den Krempel aus meinem Zimmer. Und bezieht mein Bett frisch. Es stinkt."

Die beiden Frauen handelten in panischer Hast, räumten Elenas und Gils Sachen heraus und bezogen das Bett.

„Und jetzt lasst mich allein!" fauchte Magda und schlug die Tür zu.

Gil und Kathrin zogen sich unter Schock stehend auf den Balkon zurück. „Ich komme mir vor wie im falschen Film", murmelte Gil. „Erinnerst du dich an

Friedhof der Kuscheltiere? Du begräbst deine liebe Katze, und als Monster kehrt sie zurück."

Kathrin weinte.

„Unter diesen Umständen kann ich Elena nicht hier wohnen lassen", sagte Gil.

„Ja, das geht nicht. Ich verstehe", schluchzte Kathrin.

*

Das Leben im Mühltal ging weiter, war von der früheren Idylle aber himmelweit entfernt. Magda saß die meiste Zeit schweigend und brütend in ihrem Zimmer, während Kathrin für den Haushalt sorgte. Nur die Mahlzeiten nahmen sie gemeinsam ein, aber auch dabei war Magda nicht aus ihrer Wut, auf wen oder was auch immer diese gerichtet war, zu locken. Sobald sie Löffel oder Gabel und Messer zur Seite legte, kletterte sie in ihre Höhle im ersten Stock zurück. Die Zwischentür zu Kathrins Zimmer blieb verschlossen.

Einmal täglich quälte Magda sich in den Keller, um die Bestände von Marmelade und Saft zu kontrollieren. Tatsächlich bereitete sie sich auf den Weihnachtsmarkt vor, wie sie einmal in einem ihrer lichten Momente geäußert hatte. Kathrin konnte sich nicht vorstellen, wie sie das bewerkstelligen sollte: Tante und Weihnachtsmarkt.

Der einzige Lichtblick in der tristen Atmosphäre war Gil, die so oft kam wie es ihre Arbeit und die Betreuung Elenas zuließen.

Am Freitag, siebenundzwanzigster November, bauten Gil und Kathrin den Stand für den

Weihnachtsmarkt auf. Es handelte sich um eine von der Gemeinde gemietete Holzhütte mit Klappläden und Verkaufstheke. Mit dem Einachstraktor karrte Kathrin die Brombeerprodukte herbei, nebst diversem weihnachtlichen Schmuck, den Magda schon seit Jahren verwendete. Sterne, Girlanden, Schneeflocken, Lichterketten, Kerzen und ähnliche Accessoires, die die Laune der Kunden weihnachtlich stimmen sollten. Zur Endabnahme war Magda am Abend persönlich anwesend, und zu Gils und Kathrins Verwunderung hatte sie kaum etwas zu bemängeln. Gil dachte an das Motto: *Nit gschimpft isch globt gnug.*

Morgen würde der Weihnachtsmarkt beginnen, und das war auch der Tag, an dem Kathrin Elena wieder zu Gesicht bekommen würde.

Magda war gefangen. War in sich gefangen und fand den Weg aus sich hinaus nicht mehr. In ihrem Körper regierte eine Energie, die sie funktional am Leben erhielt, mental jedoch komplett blockierte. Sie war wie eine Maschine ohne Seele, ohne Erinnerung an die Person, die sie einst war. Weshalb die Waagschale sich nach ihrer negativen Seite neigte, konnte sie nicht beeinflussen. Hätte sie sich doch genauso gut in die andere Richtung senken können. Diese Ohnmacht wirkte fatalerweise wie ein Verstärker des Bösen in ihr. Zudem empfand sie permanent eine unerträgliche Hitze im Kopf, wie ein nukleares Brennelement, dessen Kühlung versagte. Es machte sie blind vor Zorn, sodass sie ihre Mitmenschen nicht mehr erkannte und deswegen nicht sah, wie sehr sie diese erschreckte.

Eine der wenigen programmierten Funktionen, auf die sie noch Zugriff hatte, war der Weihnachtsmarkt. Dessen Abläufe waren verinnerlicht wie das automatische Atmen, und so gelang es ihr, die vierwöchige Dauer in erzwungener Würde zu überstehen. Das aktive Geschäft überließ sie zwar größtenteils Kathrin, hockte als namensgebende Instanz aber immer im Hintergrund. *Magdas Weihnachtsbrombeeren.*

Dass sie anders war, als man sie von so vielen Weihnachtsmärkten kannte, bemerkten die Besucher ihres Standes alsbald. Und ihr blieb nicht verborgen, dass ihre Kunden es registrierten. Und so entdeckte sie schmerzlich, wie in Sichtnähe abseits des Standes über sie getuschelt wurde. Die zusammengesteckten Köpfe, die typischen Gesten, die scheelen Blicke – alles eindeutige Zeichen dafür, dass sie der Mittelpunkt der Geschwätze war.

Aber Magda stand das durch. Jedenfalls so lange, bis Kathrin abends den Laden der Hütte verriegelte und Magda half, den Traktor zu besteigen. Dann sackte sie in sich zusammen wie ein Ballon, aus dem man die Luft ließ. Was hingegen nicht weichen wollte, war der überhitzte Reaktor im Kopf. Sie wusste nicht, wann zuletzt sie zu Kathrin ein freundliches Wort gesagt hatte. Doch selbst im Unwissen darüber vermochte sie nicht, über ihren eigenen Schatten zu springen. Am größten aber war die Scham, die sie über sich spürte, und meinte gerade deswegen, dass irgendwo im Innern ein guter Kern vorhanden sein musste.

Einundzwanzigster Dezember 2020. Der Weihnachtsmarkt war mit dem gestrigen Vierten Advent gelaufen, und Kathrin und Gil räumten auf. Magda hatte über Kopfweh geklagt und war an diesem Tag zu Hause geblieben.

In drei Tagen war Heiligabend, und Gil hatte Kathrin für den Nachmittag zu sich nach Hause eingeladen.

„Vorfeiern mit Elena."

„Und mit dir, Gil."

„Und mit dir und mit mir, Kathrin. Wir freuen uns sehr."

Kathrin atmete tief ein und aus.

„Und dann bist du am Abend mit Magda allein?", fragte Gil.

„Ja. Frohe Weihnacht."

„Graut´s dir davor?"

„I wo. Sie ist noch immer meine Tante. Ist schon okay."

Es wurde schon Nacht, als sie sich am Marktplatz trennten. Gil fuhr mit dem Rad nach Hause, Kathrin mit dem Einachser ins Mühltal. Sie stellte das Fahrzeug in die Scheune, um die restlichen Gläser, Flaschen und Weihnachtsschmuck abzuladen. Vorher aber huschte sie zur Toilette, um den drängenden Druck von der Blase zu nehmen

Als sie das Haus betrat, brannte im Wohnzimmer zwar Licht, doch Magda war nicht anwesend. Stattdessen fiel Kathrin ein Päckchen auf, das auf dem Tisch stand. Ein flacher Karton, darauf ein DIN-A4-Umschlag. Ein kleinerer weißer Briefumschlag lag obenauf. Kathrin las ihren Namen in Magdas Handschrift. Sie schluckte. Eine Gänsehaut brandete über ihren Körper. Sie öffnete den Umschlag mit fahrigen Fingern und las:

Liebe Kathrin, im großen Kuvert findest du mein Testament, in dem ich dich als Alleinerbin bestimme. Es ist bereits von einem Notar beglaubigt. Im Päckchen sind alle Unterlagen, die zu Haus und Hof gehören: Baupläne; Grundbuchauszüge; Versicherungen; Steuerunterlagen; Energie- und Wasserversorger; Abfallunternehmen; Nutzungsurkunde für Huberts Grab; Sparbücher und Konten. Nimm alles in deine Obhut und bewahre es gut auf. Es gehört jetzt dir.

Wenn ich dir zuletzt Kummer bereitet habe, tut es mir leid. Bitte verzeih´ mir. Ich liebe dich wie eine Tochter, die ich selber nie hatte. Deine Tante Magda. 21. Dez. 2020.

Kathrin öffnete den großen Umschlag, holte das Testament heraus und fand Magdas Angaben bestätigt. Das Bedürfnis, sofort mit der Tante zu reden, trieb sie ein Stockwerk höher zu deren Zimmer. Ein vorsichtiger Blick durchs Schlüsselloch – drinnen war es dunkel. Magda klopfte mit den Fingerknöcheln leise an die Tür – es blieb still. Behutsam öffnete sie die Tür. Magda lag auf dem Bett. Kathrin hörte sie atmen – und wollte sie nicht extra wecken. Sachte schloss sie die Tür wieder und ging nach unten.

Dienstagmorgen. Der fertige Kaffee duftete durchs Haus, das Frühstück für zwei stand bereit. Kathrin wartete auf Magda, doch Magda schien sich Zeit zu lassen.

So viel Zeit nimmt sie sich doch sonst nie, dachte Kathrin und stieg, diesmal von einer aufflammenden Sorge begleitet, die Treppe empor. Ein kurzer Klopf an die Tür, dann hinein ins Zimmer. Magda lag in gleicher Stellung wie gestern Abend auf dem Bett, aber irgendetwas kam Kathrin sonderbar vor. Innerlich angespannt trat sie näher. Der Kopf. Es war der Kopf. Kathrin musste zweimal hinschauen, um es zu begreifen. Magda hatte sich die langen Haare abgeschnitten. Die rasierte Stelle, wo sie operiert worden war, war deutlich zu erkennen. Auf dem Nachttisch lagen zwei leere Blister nebst zugehöriger Packung von Schlaftabletten, sowie ein Bogen beschrifteten Briefpapiers. Und dann realisierte Kathrin, dass ihre Tante nicht mehr atmete.

Gil traf in der gleichen Minute ein, in der Magdas toter Körper in den Wagen der Ambulanz geschoben wurde. Sie hatte ihren Arbeitsplatz ohne zu zögern verlassen und war sofort ins Mühltal geradelt. Der Notarzt, der Magdas Tod festgestellt hatte, war bereits wieder weg.

Die beiden Frauen hielten sich umarmt, als die Ambulanz die Klappe schloss und davonfuhr.

„Sie hat sich das Leben genommen, Gil. Während ich nebenan schlief." Kathrin wurde von Weinkrämpfen geschüttelt. „Ich versteh´ es nicht. Wieso hat sie nicht mit mir gesprochen? Ich hab´ ihr doch nichts getan?"

„Hast du gewusst, dass sie Schlaftabletten nimmt?", fragte Gil.

„Ja, um besser einschlafen zu können. Harmlose Dinger, und selbst davon immer nur eine halbe."

„Aber sie hat mehr genommen, gell? Eine ganze Packung."

„Komm´ mit rein, ich will dir etwas zeigen", bat Kathrin die Freundin ins Haus. Im Wohnzimmer reichte sie Gil den Brief, der auf Magdas Nachttisch gelegen war.

Gil nahm das Blatt und las:

Es ist alles allein meine Schuld. Meine Schuld, dass ich so böse geworden bin.

Ich war heute Mittag, als ihr den Marktstand aufgeräumt habt, bei meiner Königin. Kathrin, du weißt, wen ich meine. Die Brombeerkönigin. Ich wollte von ihr wissen, warum es so gekommen ist, und habe ihr meine Kleider und meine Haare gebracht, damit sie mir die Wahrheit sagt.

Ich habe die Wahrheit erfahren, und jetzt schäme ich mich so sehr, dass ich nicht mehr weiterleben will.

Wenn du an der Wahrheit interessiert bist, dann gehe am Tag nach meinem Tod zu ihr. Die Königin wird sie dir erzählen. Ich kann es leider nicht. Bitte verzeih´ mir und behalte mich so in Erinnerung, wie ich vor meiner Krankheit gewesen bin. Für deinen und Gils Lebensweg wünsche ich euch viel Glück.

Deine Magda.

Gil senkte den Abschiedsbrief.

„Was hältst du davon?", fragte Kathrin.

„Das ist sehr rätselhaft. Geradezu mysteriös. Der Tag nach ihrem Tod wäre morgen?"

Kathrin nickte. „Würdest du mit mir gehen? Zur Königin, meine ich?"

„Wenn du bis zum Nachmittag warten kannst, komme ich gerne mit."

Ein feuchter Nebel hing im Mühltal, als Gil und Elena die Fahrräder an Magdas Haus, das jetzt Kathrins Haus war, abstellten. In ihren Haaren, die unter den Helmen hervorlugten, hingen Nebeltropfen.

Gil entschuldigte sich: „Ich musste Elena mitnehmen. Ich hab´ niemanden gefunden, der auf sie aufpasst. Die Schule ist ja wegen der Ferien geschlossen."

„Macht nichts. Früher oder später wird sie ohnehin erfahren, dass Magda nicht mehr lebt. Warum also nicht heute?"

„Gut, wenn du meinst?", antwortete Gil. „Dann nehmen wir sie gleich mit zur Brombeerkönigin."

Auf dem Weg über die nasse Wiese erzählten sie Elena, dass Magda gestorben war, verschwiegen ihr aber die Umstände. „Sie war krank. Du weißt ja, dass sie operiert worden ist."

„Ist sie jetzt im Himmel?", fragte das Mädchen.

„Wenn sie sich unterwegs nicht vertrödelt hat, dann ist sie bestimmt schon dort", nahm Kathrin etwas von dem Ernst aus dem Thema.

Elena stellte sich die Situation vor und kicherte: „Das ist lustig. Sich vertrödeln. Aber zu Magda könnte es passen."

„Ja, so war sie eben, die olle Tante", sagte Kathrin und wuschelte Elenas Haare.

Gil konnte es diesmal geschmeidiger und kam fast ungeschoren durch den Dornenhain. Die Brombeersträucher des äußeren und des inneren Rings um das Königinnenzentrum befanden sich, wie es schien, in einer Art Winterschlaf. Sie reagierten auch nicht auf Elenas Ansprechversuche in Konsonantensprache.

Die Königin selbst befand sich ebenfalls nicht in bester Verfassung. Ihre Blätter hingen entweder braun und zusammengerollt an den Ranken, oder waren bereits abgefallen und verwesten am Boden.

„*Guten Tag, Majestät*", grüßte Kathrin, „*wir sind gekommen, weil …*"

„*Ich weiß, weshalb ihr gekommen seid*", unterbrach die Königin sofort. „*Wegen Magda.*"

„*Ja, wegen meiner Tante Magda. Sie wissen, was mit ihr passiert ist?*"

„*Wie könnte ich es nicht wissen, da ich immer alles weiß. Und ich bin sehr sehr traurig über das, was geschehen ist.*"

„*Hätten Sie es nicht verhindern können? Ich meine als allwissende Herrscherin?*"

Die Brombeerkönigin seufzte schwer. „*Traurig, traurig, aber wahr, ich hätte es vielleicht verhindern* können, wenn ich die Einnahmebeschreibung der zehn Extra-Früchte genauer geschildert hätte."

„Sie meinen so etwas wie den Beipackzettel?", fragte Gil.

„Ja, so nennt man es wohl bei euch Menschen. Ich will es so sagen: Wenn Magda nicht nur neun, sondern auch die zehnte Brombeere gegessen hätte, wäre das alles nicht passiert. Die zehnte Brombeere hätte nämlich alles zum Guten gewendet. Das explizit zu erwähnen, hatte ich wohl vergessen. So trage ich eine Mitschuld am tragischen Ausgang ihrer Behandlung. Es tut mir leid."

„Etwas anderes: Magda hat geschrieben, dass sie ihre langen Haare und ihre Arbeitskleidung bei Ihnen gelassen hat. Wenn ich durch Ihre Äste und Ranken schaue, sehe ich allerdings nichts davon." Kathrin guckte betont auffällig unter die Hecke.

„Das ist richtig. Sie hat mir die Dinge zum Geschenk gemacht und ich habe sie bereits in meine Schatzkammer gebracht. Aber da ich an Magdas Tod nicht ganz unschuldig bin, hast du, Kathrin, etwas gut bei mir."

„Gilt das auch für meine Begleiterinnen?"

„Na, ich will mal nicht so sein. Es gilt selbstverständlich auch für Elena und Gil. Das Guthaben. Falls ihr es einmal benötigen solltet, dann ruft mich bei meinem Namen."

Elena hob den Zeigefinger, um eine Frage zu stellen. „Wie sollen wir dich rufen? Wie heißt du denn?"

„Mein Name ist Regina. Regina von Rubus."

Die drei Mädels kehrten nach Hause zurück. Gil war fassungslos. „Weil sie die zehnte Brombeere nicht gegessen hat. Kathrin, wegen einer einzigen Brombeere …"

„Ja, die zehnte Brombeere, und alles wäre gut geworden."

*

Sanderhofen 2021
Die Beisetzungsfeier zu Magdas Begräbnis fand am achten Januar 2021 unter großer Anteilnahme der Bevölkerung Sanderhofens statt. Bei der Bestattung selbst waren indes nur zwei Messdiener, der Pfarrer, ein Angestellter des Bestattungsunternehmens, sowie Elena, Gil und Kathrin anwesend. Magdas Urne wurde im Grab ihres Ehemanns Hubert Kohler beerdigt.

Auf ersten März zogen Gil und Elena bei Kathrin ein. Elena bekam Magdas ehemaliges Zimmer, freilich mit anderen Möbeln. Kathrin und Gil leisteten sich ein breiteres Bett.

Gil und Kathrin besiegelten ihre Liebe am fünften Mai durch die Trauung im Standesamt Sanderhofen und wurden damit das erste gleichgeschlechtliche Ehepaar des Ortes.

Gil ging weiterhin ihrem Beruf im Pflegeheim nach. Kathrin fuhr wie gewohnt zum Wochenmarkt und verkaufte die Restbestände von Marmelade und

Säften des vergangenen Jahres. Nebenbei begann sie, zur Geschichte von Magda und den Brombeeren Notizen zu machen.

Elena fühlte sich im Haus im Mühltal mit ihrer Mutter und Kathrin als sozusagen zweiter Mama ausgesprochen wohl. Ab September würde sie die dritte Klasse in Sanderhofen besuchen.

Eine seit mehreren Wochen anhaltende Trockenheit bereitete den Menschen Sorgen. Ihnen ging das Wasser zum Gießen ihrer Gärten aus. Die Landwirte bangten um die Ernten. Die Sander im Dorf war nur noch ein dünnes Rinnsal, und die Schmetterlinge fanden im kleinen Bächlein unter Kathrins Balkon kaum genug zu trinken. Elena kümmerte sich besonders rührend um sie und stellte Blumenuntersetzer mit Wasser für sie auf die Steine, auf denen sie für gewöhnlich saßen.

Auch die Brombeeren schienen zu leiden. Waren ab April normalerweise die Brombeerhecken im Begriff, neue grüne Triebe zu produzieren, und spätestens ab Mai und Juni täglich das Wachstumsbild zu verändern, wie ein grünes Feuerwerk, das zum Höhepunkt die weißen Blüten förmlich explodieren ließ, boten sie Anfang Juli ein Bild des Grauens, im wahrsten Sinne des Wortes und der Farbe. Das Fußballfeld große Areal war ein einziger grauer Filz, und so trocken wie Zunder. Aber sie waren wild und sollten es nach Kathrins und Gils Auffassung auch bleiben, und jeder Eingriff von außen würde ihnen das Prädikat rauben. Ob es in dieser Saison einen Ertrag an Früchten geben würde, stand unter einem anderen Stern.

Und wer wie Kathrin und Gil die wilden Brombeeren bewusst sich selbst überließ, musste die Launen der Natur mit all ihren Facetten akzeptieren.

Am Samstag, zehnter Juli, warnte der Deutsche Wetterdienst vor lokal auftretenden schweren Sommergewittern im Südwesten.

Unter dieser Gemengelage fand am betreffenden Juli-Wochenende auf der Lichtung am Ende des Mühltals unter strengen Auflagen das Sommerfest der Vereine statt. Kein offenes Feuer, strenges Rauchverbot außerhalb des Zeltes, wegen akuter Waldbrandgefahr.

Während Elena bei einer Freundin im Dorf übernachtete, wanderten Gil und Kathrin am Samstagabend in leichter Sommerkleidung Hand in Hand über die Wiese hinter dem Haus und den Feldweg oberhalb des Brombeerfelds zum Festgelände. Dass im Westen schwarze Gewitterwolken aufzogen, bemerkten sie nicht.

„Wirst du auch mit mir tanzen, Süße?", fragte Gil fröhlich.

„Wie der Lump am Stecken", antwortete Kathrin nicht minder gut aufgelegt.

„Wie wer? Das hab´ ich ja noch nie gehört. Vor versammelter Gemeinde?"

„Exakt, und zwar ganz vorne, wo der Bürgermeister sitzt."

Gil lachte: „Ich nehm´ dich beim Wort. Hör´, die Musik spielt schon."

Genau wie vor einem Jahr war das Festzelt brechend voll. Kathrin hielt Wort und tanzte mit Gil mehrere

Runden. Und weil sie glücklich war, führte sie Gil tatsächlich in die vorderste Reihe, wo sie aller Augen auf sich zogen. Nicht genug, küsste sie Gil zum Abschluss mitten auf den Mund. Von irgendwoher aus dem Zelt erklangen schrille Pfiffe. Ob als Zustimmung oder aus Ablehnung erfuhren sie nicht.

In einer Ecke des Zeltes war mittels Strohmatten die sogenannte Bar abgeteilt, in der andere alkoholische Getränke als Wein und Bier angeboten wurden.

„Puh, ist das schwül hier", stöhnte Kathrin und fächelte sich mit einem Bierdeckel Luft zu. „Komm´ Süße, ich lade dich zu einem Glas Sekt ein."

„Okay, aber geh´ du schon mal voran. Ich muss mal rasch für kleine Mädchen."

Im Gegensatz zum riesigen Innenraum des Zeltes war die Bar so gut wie leer. Ein einsamer Barkeeper langweilte sich beim Gläser waschen. „Hallo, Lady, welch Glanz in meiner Hütte. Was darf´s denn sein? Gin, Wodka, Tequila oder einen Cocktail?"

„Hallo, zwei Gläser Sekt, bitte."

„Oho, gleich zwei Gläser für eine schöne Frau?"

Kathrin lächelte pflichtschuldig. „Die zweite kommt gleich."

In diesem Augenblick fassten zwei Hände von hinten an ihre Brüste, eine andere Hand griff von der Seite zwischen ihre Beine. „Hoppla, wenn das nicht unsere Heilige vom Marktplatz ist? Hey, so alleine unterwegs? Hast du Lust auf eine geile Nummer mit zwei richtigen Männern? Du bist doch nicht wirklich lesbisch, oder?"

Da war Kathrin zu Eis erstarrt. Sie erkannte an der Stimme den Widerling, der sie am Marktplatz des

Öfteren beleidigt hatte. Und der andere musste sein Kompagnon sein. Gils Ex.

„Auf, bringen wir sie nach draußen in den Wald und besorgen es ihr", hauchte ihr der Typ heiß ins Ohr. Kathrin wurde von Ekel übermannt. *Gil, Gil, wo bleibst du?*

Plötzlich war Gil da. Kurzerhand schnappte sie die beiden Sektgläser, die mittlerweile auf dem Tresen standen, und schüttete sie den Kerlen in die Gesichter. „Verschwindet, ihr Dreckschweine! Haut ab!", schrie sie, packte Kathrins Arm und riss sie vom Tresen weg.

„Oooh, du Schlampe, das wirst du mir büßen. Heiner, das ist doch deine Alte! Schnapp´ sie dir. Ich nehm´ die andere. Ist genug für uns beide da. Los jetzt."

„Fort hier, Kathrin, fort. Lauf zu!", schrie Gil und stieß´ die Freundin vorwärts.

Nun war auch Kathrin wieder auf der Höhe und setzte sich in Bewegung. Gil dicht hinter ihr. Raus aus der Bar, durch das Gedränge im Zelt, zum Ausgang. „Platz da! Aus dem Weg!" Tumult mit Schieben und Schubsen. Die beiden Männer mit Gebrüll hinterher.

Dann im Freien. Hastig aus dem Lichtkreis des Zeltes. Plötzlich Nacht, finsterste Nacht. Die dunkle schwarze Gewitterwolke hing direkt über ihnen. Sicht gleich null. Dort ein Wetterleuchten. Da gings lang. Hinaus auf den Feldweg, so schnell die Beine sie trugen. Aber immer noch verfolgt von den Idioten. „Wir kriegen euch", kreischten die Dummköpfe wie von Sinnen, und sie holten auf. Verkürzten den Abstand. Drei Meter noch. Dann zwei. Kathrin hörte sie keuchen und schon triumphieren. „Hähähä, jetzt hammer euch!"

Dort das Brombeerfeld.

Kathrin rief in höchster Not: ***„Regina, hilf uns!!!"*** Wie sie Gils Hand erwischte, konnte sie hinterher nicht mehr sagen. Aber sie ergriff sie und stürmte mit Gil ohne zu zögern vom Feldweg herunter und mitten in die Brombeerhecken hinein, gerade, als der eine Kerl sie fassen wollte.

Und weiter rannte sie, und weiter mit Gil, ohne dass sie von den Dornen gekratzt oder aufgehalten wurden. Es war gar so, dass die Äste, Zweige und Ranken über sie hinwegstreiften, fast zärtlich, wie lange, dicke Kordeln aus weicher Wolle, und Kathrin hielt erst an, als sie vor dem Busch der Brombeerkönigin angekommen waren.

Anders die Männer. Sie rannten blindlings den Frauen zum Greifen nah hinterher, voll in die Hecken hinein, und für sie waren es echte wilde Brombeeren mit diamantharten Dornen, die ihren Lauf stoppten, die ihre Beine, Arme, Körper und Gesichter umschlangen, zerkratzten und zerfetzten, die sie zu Fall brachten und unter sich begruben, wie mit Stacheldraht gefesselt. Sie kamen aus eigener Kraft nicht mehr frei, wollten sie sich nicht noch mehr verletzen, und wer wollte das schon freiwillig?

„Da seid ihr ja, Mädels", sagte die Königin nicht unfreundlich. *„Ihr könnt nun, bevor das Feuer ausbricht, in Ruhe und unbeschadet nach unten zur Straße gehen."*

„Welches Feuer?", fragte Kathrin irritiert und atemlos.

In dieser Sekunde zuckte ein krachender Blitz vom Himmel und setzte die trockenen Brombeerhecken in Brand.

„*Dieses Feuer*", antwortete die Königin. „*Geht jetzt. Ich habe meine Schuld beglichen. Wir sind quitt.*"

Daraufhin spazierten Gil und Kathrin, während hinter ihnen das Feuer wütete, Arm in Arm und unbehelligt wie durch ein Spalier von Dornenranken zur Straße, wo sie in Sicherheit waren.

Die Männer allerdings waren direkt von den brennenden Büschen bedroht und gerieten in Panik. Von den Dornen gefangen, blieb ihnen keine andere Wahl, als sich mit äußerster Gewalt von ihnen zu befreien. Dadurch erlitten sie weitere tiefe Wunden, und ihr vor Schmerzen lautes Gebrüll wurde im Festzelt noch gehört. Irgendwie und in ärgster Not schafften sie es hinaus auf den Feldweg, wo sie aus vielen Wunden stark blutend gefunden und in die Notaufnahme nach Durlangen gebracht wurden.

Die alarmierte Feuerwehr konnte nur das Übergreifen auf den nahen Wald verhindern.

Das Brombeerfeld jedoch brannte in dieser Nacht zur Gänze ab. Der angekündigte starke Regen, der in der Nacht fiel, hinterließ nur eine Fläche schwarzgrauer Asche in der Größe eines Fußballfeldes.

*

Ein Jahr später.

Kathrin arbeitete nun ebenfalls halbtags als Verwaltungsangestellte im Pflegeheim an der Sander. Der Verdienst war mager, aber es ging ihr nicht ums Geld. Ihr Tag bekam Leitplanken. Die Nachmittage gehörten dann Gil und Elena, sofern Elena keine anderen Termine seitens der Schule oder ihrer Freunde hatte. Sie entwickelte sich zu einem fröhlichen quicklebendigen Kind.

Das Brombeerfeld, beziehungsweise der Ort, wo es einmal war, sah noch immer wie eine kahle Landschaft auf dem Mars aus. Wehte ein Wind, trug er Fahnen von Asche davon. Irgendwann würde auch die letzte Hinterlassenschaft des verheerenden Feuers, und somit auch das letzte Zeugnis über die sonderbaren wilden und sprechenden Brombeeren verschwunden und vergessen sein.

Wie die Königin Regina von Rubus es vorausgesagt hatte, schrieb Kathrin an der Geschichte über sie. Es war zugleich eine Geschichte über Tante Magda und sich selbst.

Um sich zu vergewissern, wo genau auf dem Feld die Königin ihren Thron gehabt hatte, stieg sie an einem heißen Sommertag zusammen mit Gil und Elena zum ehemaligen Brombeerfeld hinauf. Dort, wo bei einem Fußballfeld in etwa der Mittelkreis wäre, suchten sie mit den Augen den grauen Boden ab. Es war Elena, die es als erste sah und ihre Mutter darauf aufmerksam machte. Dann war es Gil, die flüsternd vor Rührung Kathrin zu sich bat. „Sieh nur, Kathrin. Hier am Boden."

Kathrin schaute genau hin. Elena und Gil hatten recht. Am Boden, oder besser gesagt, aus dem Boden schlängelte sich eine dünne stachelige Ranke, nicht länger als ein Meter, mit dunkelgrünen Blättern. Kathrins Herz schlug schneller. Sie fragte: *„ Majestät, ist es die Möglichkeit, sind Sie es? "*

Es dauerte ein paar Sckunden, dann aber kam die Antwort: *„ Mais oui, aber ja, ich bin's. "*

****

Anmerkung aus Wikipedia:
Die Brombeeren (*Rubus* sect. *Rubus*) sind eine Sektion aus der umfangreichen und weltweit verbreiteten Pflanzengattung *Rubus* innerhalb der Familie der Rosengewächse (Rosaceae). Die Sektion umfasst mehrere tausend Arten, allein in Europa wurden mehr als 2000 Arten beschrieben. Die Früchte werden als Obst verwendet. Biologisch betrachtet hat die Brombeere allerdings keine Dornen, sondern Stacheln.

Weitere Bücher von Peter Siefermann im Twentysix-Verlag und BoD-Verlag erschienen

„Zwölfeinhalb Bären, oder wie die Bären nach Waldulm kamen."
ISBN: 9783740711917

„Das große Spiel, oder mit Lachdatte, Mängehatte und Poklapier."
ISBN: 9783740727451

„Tierisch-menschliches in Lyrik und Prosa."
ISBN: 9783740714000

„Drei Männer, zwei Boote, ein Fluss und der Blues."
ISBN: 9783740712952

„Teddor."
ISBN: 9783740729400

„Aus der Sicht des Pumas"
ISBN: 9783740731625

„Die Sachenfinderin"
ISBN: 9783740733674

„Der Totensänger."
ISBN: 9783740744281

„Der Bassist."
ISBN: 9783740746940

Der „Zach"
ISBN: 9783740749132

„Handkerchief"
ISBN: 9783740753580

„Zwölfeinhalb Bären auf Weltreise"
ISBN: 9783740766740

„einfach Uhl"
ISBN: 9783740771942

„Lui, der Vogelfreund"
ISBN: 9783740780854

„Maren und Jonas"
ISBN: 9783740726928

„Kla-Ka-Li-Ma und die persische Prinzessin"
ISBN: 9783758383854

Alle Bücher sind auch als E-Book erhältlich.

****

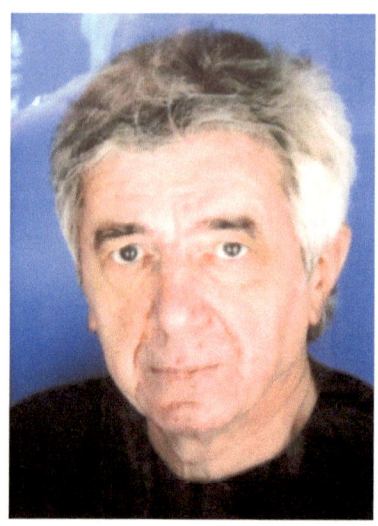

Peter Siefermann wurde 1953 in Kappelrodeck im Land Baden-Württemberg geboren. Er lebte über dreißig Jahre in Basel in der Schweiz und arbeitete für ein deutsches Transportunternehmen. Nach Versetzung in den Ruhestand zog er mit seiner Ehefrau nach Deutschland zurück.
Peter Siefermann ist Vater zweier Kinder, die beide in der Schweiz leben.